小林湖底
Illust／azuタロウ
吹
魔刀を手に取る
JN075691

「ごめんなさい。
夜煌錬成を……するしかないです……」
「な、に……？」
古刀逸夜《ことう・いつや》
行方不明の妹を探す高校生。
突然転校してきた夜凪ノアと、
巷を騒がせる「連続失踪事件」の関連を疑い、
彼女を監視していた。

「夜煌刀ょ。
どうか私の手に」
凪ノア
突如として逸夜のクラスに転校してきた少女。
その正体はここと異なる世界
「夜ノ郷」に生き、人を「夜煌刀」に
変える力を持つ者「ナイトログ」。
火花が弾ける。
それは世界を変える奇跡の発現。

「ああ！
あんたがSSRの夜煌刀よねっ!?」
ぎょっとするほど友好的な笑顔だった。
「どうでもいいだろ、
そんなことは……」
影坂ミヤ《かげさか・みや》
ナイトログ同士の戦い
「六花戦争」の参加者のひとり。
ノアとはライバル関係にあり、
逸夜の能力に目を留め
彼を手に入れようと画策する。

「ふふ。よくないわ。何もかも」
「あんたが夜凪ノアのもとにいるのはよくない」

「――骸川帳っ！」
骸川ネクロ《むくろがわ・ねくろ》
六花戦争の参加者のひとり。
仏門に生きる平和主義者で
ありながら、六花戦争では
容赦なくほかの参加者を殺害する
残忍さを持つ。

「哀れだな。
落ちこぼれの令嬢が」
「落ちこぼれでも！
私には逸夜くんがいますっ！」

CONTENTS

石木水葉《いしき・みずは》

カルネ所有の夜煌刀。ノア達が下宿している中華料理屋「ドラゴン亭」に引きこもり、主に情報によるサポートを行う。

火焚カルネ《ひだき・かるね》

ノアの身の回りを世話するメイド。六花戦争の参加者ではないが陰に日向にノアの手助けをしている。

吸血令嬢は魔刀《おれ》を手に取る

小林湖底
Illust／azuタロウ

宵闇の中——

燭台《しょくだい》の炎がゆらゆらと揺れ、贅《ぜい》の限りを尽くしたような応接間に不気味な影を生み出す。張りつめた静寂の中で、今、二人の男女が向かい合っていた。

一方は純白の髪の少女。幼さと美しさが絶妙に絡《から》み合《あ》うかんばせは、極度の緊張によって少し強張《こわば》っている。死人よりも白い肌に炎の温《ぬく》もりが落ち、じっと正面を見据えるその双眸《そうぼう》に、星のような凛《りん》とした輝きが宿る。

もう一方は華美な衣服に身を包んだ男だった。豪奢《ごうしゃ》なソファに深く座り、氷のように寒々とした視線で少女を射貫く。

「本当に参加するつもりかね。六花戦争《ろっかせんそう》に」

「はい。お父様には是非お許しをいただきたく」

男は、「はあ」と溜息《ためいき》を吐いた。

「常夜神《とこよがみ》に選ばれたからには参加しなければ失礼にあたる。……だが、きみは夜煌刀《やこうとう》を一振りも持っていないではないか。それでは殺されに行くようなものだ」

「それは……」

少女は口籠る。男の言はすべて正しい。この世界において重要なのは、一にも二にも力である。ところが、少女はあらゆる意味で力不足だったのだ。

「……何とかします。私は夜《よ》凪楼《なぎろう》の娘ですので」

「決意は揺るがない、といった様子だな」

少女はこくりと頷《うなず》いた。

六人の戦士を選び、異界で武を競わせる儀式――〝六花《ろっか》戦争《せんそう》〟。

優勝することができれば栄光が手に入るが、できなければ、待っているのは尊厳の破壊と無様な死だけ。しかし、少女にはこの戦いに身を投じる道しか残されていなかった。

「――分かった。許可しよう」

「ありがとうございます」

少女は深々と頭を下げる。

蠟燭《ろうそく》の炎が大きく揺れ、化け物のような影が覆いかぶさった。それは少女の未来を暗示しているかのような現象だったが、当の本人は決然とした面持ちでゆっくりと立ち上がる。

「――必ずや夜《よ》凪楼《なぎろう》に栄光をもたらしてみせます。私が落ちこぼれでないことを、証明してみせますから」

不安。後悔。恐怖。

あらゆる負の感情を胸にしまい、少女は立ち上がる覚悟を決めた。

小さな願いを懸けた戦争が、静かに幕を開ける。

1　夜のいざない

「夜凪《よなぎ》さんって変わってるよねー。全然しゃべらないしさ」

「でも可愛《かわい》いよね。あの白い髪、すっごくきれいじゃない？」

「きれいだけど、孤高って感じで近寄りにくいよ」

「分かる分かる」

今日もクラスメートが夜凪《よなぎ》ノアの噂話《うわさばなし》をしていた。

夜凪《よなぎ》ノアはちょっとした有名人だ。

今年の春にスウェーデンから転校してきた帰国子女で、俺と同じ2年A組。

友達はたぶん一人もいない。昼休みになると、分厚い参考書をぺらぺら捲《めく》りながらプリンをぱくぱく食べている。腰まで届きそうなロングヘアは死んだ珊瑚《さんご》のように真っ白で、瞳の色もぎょっとするほど赤かった。

高嶺《たかね》の花みたいな存在だが、同じ学校で生活していれば、接触する機会もたびたびある。

ある時、目の前を歩いていた夜凪《よなぎ》ノアのポケットから何かが落ちた。

キャラクターが描かれたファンシーなハンカチだ。

意外だなと思いつつ、それを拾って夜凪《よなぎ》ノアに声をかける。

「ハンカチ落としたよ」

「………………」

夜凪《よなぎ》ノアは無言で振り返った。

場所は廊下。移動教室の最中だ。俺と彼女以外に人はいない。

ハンカチを差し出しているのに、しばらく夜凪《よなぎ》ノアは微動だにしなかった。

「夜凪《よなぎ》……さん？」

「ありがとうございます」

夜凪《よなぎ》ノアは淡泊にお礼を言って受け取った。踵《きびす》を返《かえ》してすたすたと歩き出す。ところが、三歩くらい進んだところで急にぐるんと振り返り、

「……あの。ここを利用したことがありますか」

夜凪《よなぎ》ノアは男子トイレの入り口を指差してそう聞いてきた。

どんな質問だ。俺は困惑のどん底に突き落とされ、嘘《うそ》偽りなく答えてしまった。

「ない、と思うけど。ここってあんまり来ないし」

「そうですか」

それだけ言って再び歩き出す。

白い髪が、陽光を反射してきらきらと輝いていた。

それで会話は終わってしまった。

俺には夜凪《よなぎ》ノアという少女が少しも分からなかった。

たまに話しかけても「はい」「いいえ」くらいしか言わないし、向こうから接触してくることはもちろん皆無。見るからに浮いている。そのくせ成績優秀・スポーツ万能で、教師陣からも一目置かれていた。何よりあの容姿だ、人目を引かないわけがない。男子から告白されているシーンを何度か目撃したこともあった（「ごめんなさい」で即終了したようだが）。

とにかく、夜凪《よなぎ》ノアはちょっとした有名人なのだ。

触れてはならない妖精、みたいな方向性の。


そんな妖精のストーキングを始めてから一週間が経《た》った。


「あいつ、何やってんだ……？」

街はどんよりと暮れなずんでいる。

あと少しで太陽は沈み、ひっそりとした夜の世界が訪れる——そんな時間帯。

スマホのカメラを起動しつつ、夜凪《よなぎ》ノアが消えていったビルの入り口をジッと睨《にら》みつける。

『テナント募集中』の貼り紙を見るに、空きビルなのだろう。そんなところに素知らぬ顔で侵入するなんて、何かよからぬことを企《たくら》んでいるとしか思えなかった。

（絶対に突き止めてやる）

俺の目的は――夜凪《よなぎ》ノアの裏の顔を暴《あば》くこと。

この一週間、目立った動きは見られなかった。

教室では相変わらず栄光ある孤立を貫いているし、放課後は下宿先の中華料理店で日が暮れるまでバイト。それが終わると二階の角部屋に引きこもり、翌朝まで姿を現さない。一度だけ深夜に外出する姿が確認されているが、近くのコンビニでプリンを買っただけだった。

しかし、本日ついに行動パターンが変化した。

寄り道である。こんな辺鄙《へんぴ》なビルに。

俺はごくりと喉を鳴らして夜凪《よなぎ》ノアの後を追う。

扉には鍵がかかっておらず、簡単に侵入することができた。埃《ほこり》のせいで床が滑りやすく、あちこちにゴミや段ボールの山ができていた。

こんなところに無断で出入りしている高校生がマトモなわけがない。

やはり、夜凪《よなぎ》ノアは連続失踪事件の容疑者に他ならない。

(決定的な証拠を押さえれば、湖昼《こひる》の居場所も分かるはずだ……)

息を殺して廊下を進む。

できれば暴力沙汰は避けたかった。今日のノルマはやつの悪事を記録して脅迫することだ。

それまでは隠密《おんみつ》行動を徹底しなければならない。

(……静かだ)

物音一つしなかった。てっきり犯罪集団のアジトかと思ったのに、この様子だと本当にただの空きビルなのかもしれない。

階段をのぼり、夜凪《よなぎ》ノアが消えていったと思《おぼ》しき広間に足を踏み入れる。

嗅ぎ慣れない嫌なにおいがした。

そこで――

床の上に誰かが倒れているのを見つけた。

胸にナイフを刺されて死んでいる夜凪《よなぎ》ノアだった。

「え」

ナイフは心臓を抉《えぐ》るようにして突き立てられている。セーラー服は真っ赤に染め上げられ、その中心から湧き水のごとくあふれる血液が、だらしなく床に広がっていく。

不気味な瘴気《しょうき》が辺りに満ちていった。

窓から差し込む西日が、暗黒に変わっているのだ。

世界は底無しの夜に包まれていく。

（何だこれ？）

本当に死んでいるのか？　さっきまで普通に歩いていたのに？

自殺？　他殺？　事故死？　いやそれよりも――

「――おい⁉　大丈夫か⁉」

まだ生きているかもしれない。俺は一縷《いちる》の望みをかけて夜凪《よなぎ》ノアに駆け寄った。

「待ってろ、今救急車を呼ぶから……！」

「ぅ……んん……」

小さな口からうめき声が漏れた。よかった、と安堵《あんど》している場合ではなかった。

パニックに陥っていた俺はスマホで救急車の呼び方をググろうとして、

「必要……ないです……」

紅色の瞳がまっすぐ見上げてきた。

「古刀逸夜《ことういつや》くん……ですよね……同じクラスの……」

「必要ないわけないだろ⁉　えっと……そうだ思い出した、119だ、」

「だめ。にげて」

頭上で物音がした。

ほとんど反射的に天井を仰ぐ。

奇妙なモノを目撃した。蛍光灯の近くに何者かがへばりついている。

戦国武将みたいな甲冑《かっちゅう》をまとった男。その手には物騒な薙刀《なぎなた》が握られている。殺意に満ちた目で睨《にら》み下ろされた瞬間、背筋に冷たいものが走っていくのを感じて震える。

哄笑《こうしょう》とともに甲冑《かっちゅう》が降ってきた。

少し考えれば分かることだ。状況的に考えて、夜凪《よなぎ》ノアは自殺をしたわけじゃない。ナイフをぶっ刺した犯人が近くに潜んでいてもおかしくはないのだ。

いや、でも、それにしたって——

「何なんだよ、このバケモノ……！」

足が震えて逃げられない。

即座に死は訪れた。

刃が肩口に滑り込み、俺の身体《からだ》はケーキのように切り裂かれていく。

バランスを崩し、どしゃりと床に崩れ落ちた。

□

「う……ぇ」

こんなところで死にたくはなかった。

たとえ身体《からだ》が真っ二つになったとしても、湖昼《こひる》を見つけて家に連れて帰るまでは死ねない。

でも手足が動かない。すでに胴体とつながっていないのかもしれない。

血が馬鹿みたいにあふれ、自分の命の灯火がどんどん弱まっていくのが分かった。

結局、あのバケモノは何だったんだ？

夜凪《よなぎ》ノアはこんなビルに何の用があったんだ？

何も分からない。分からないまま惨殺《ざんさつ》死体になるのはごめんだった。

「ごめんなさい」

夜凪《よなぎ》ノアの顔がすぐ近くにあった。

傷だらけの身体《からだ》をずりずりと引きずって近づいてきたのだ。

血と血がぐちゃぐちゃに混ざり合い、床は地獄のような有様《ありさま》になっていた。

「夜煌錬成《やこうれんせい》を……するしかないです……」

「な、に……？」

「今まで発動できたことはありませんが。お手柔らかにお願いします」

「おい……」

かぷり。夜凪《よなぎ》ノアが首筋に嚙《か》みついてきた。

それは猫が甘嚙《あまが》みをするかのような優しい口づけ。そんな状況ではないと分かっているのに感情が昂《たか》ぶり、頭が一瞬でショートしてしまった。

だって、夜凪《よなぎ》ノアがちゅうちゅう俺の血を吸っているのだ。

一心不乱に。貪るように。

「おいしい」

蕩《とろ》けるような呟《つぶや》きが漏れた。そうか。こいつは吸血鬼だったのか。甲冑《かっちゅう》のバケモノがいるのなら吸血鬼がいてもおかしくはない——そんなふうに悟りを開いた瞬間、身体《からだ》の奥底で何かが組み替えられるような気配がした。

視界が黒く染まっていく。それどころか、俺の身体《からだ》が真っ黒い闇に変化していく。

闇はやがて液状のうねりとなり、周囲の夜と同質化していく。

「夜煌刀《やこうとう》よ。どうか私の手に」

夜凪《よなぎ》ノアの右手が、俺の心臓にねじ込まれた。

火花が弾《はじ》ける。それは世界を変える奇跡の発現。

俺の心が——古刀逸夜《ことういつや》の核が、ぎゅっと握りしめられる感覚。

ほどなくして、夜凪《よなぎ》ノアはそれを一気に引き抜いた。

□

「すごい……初めて成功しました……」

夜凪《よなぎ》ノアが目を丸くして俺を見下ろしている。

俺は狐《きつね》に抓《つま》まれたような気分で夜凪《よなぎ》ノアを見上げている。

不思議なことに、どれだけ床を見渡してもバラバラになった俺の死体は見当たらなかった。

さらに不思議なことに、ナイフで刺されて瀕死《ひんし》だった夜凪《よなぎ》ノアは、ぴんぴんした様子でその場に立っている。彼女も遅れてそれに気づいたらしい。

「あれ？　痛くない……？　もしかして……あなたの力……？」

俺はわけが分からずに周囲を見渡した。

血で汚れた床、散らばった粗大ゴミ、窓から忍び込む夜の風。

（視界が……）

おかしい。何故《なぜ》だか三百六十度を見渡すことができる。

気持ち悪くて嘔吐《おうと》しそうになったが、そのための口が消え失《う》せていることに気がついた。

（身体《からだ》がない？　どうなっている？）

俺の目は夜凪《よなぎ》ノアの手元、柄と刀身の狭間《はざま》あたりに存在しているらしい。五感だけは異常にリアルで、彼女の手に握られていることが肌で分かった。いや、鋼《はがね》で分かった。

ようやく事態を呑《の》み込む。

まさか、俺は刀になってしまったのか？

「——夜煌刀《やこうとう》か。この土壇場《どたんば》で引き当てるとは」

甲冑《かっちゅう》がしゃべった。兜《かぶと》の内側から錆《さ》びたような日本語が聞こえてくる。

夜凪《よなぎ》ノアは俺を正眼《せいがん》に構えたまま敵を睨《にら》みつけた。

「想定通りです。最初から私はこの夜煌刀《やこうとう》であなたを仕留めるつもりでした」

「しかも治癒系の呪法《じゅほう》……天運に恵まれたな」

「運ではありません。私はこの力を使って六花《ろっか》戦争《せんそう》で優勝します」

「笑止。天外《てんがい》は首崎館《しるしざきかん》がもらい受けると決まっているのだ」

「それを許すとでも？　あなたのようなナイトログには分不相応ですよ」

俺の知らない漫画の話で盛り上がっているとしか思えなかった。

耐えきれなくなった俺は、「そうするべきだ」という本能に従って絶叫する。

《――夜凪《よなぎ》ノア！　これはどういうことだ⁉》

「⁉」

発せられたのは音声ではない。不思議なエネルギーに乗せられた意思だった。

《あいつは何なんだよ⁉　俺の身体《からだ》はどうなったんだ⁉》

「こ、これが本物の夜煌刀《やこうとう》……ちゃんと意識は残っているのですね」

《何言ってんだ――》

甲冑《かっちゅう》が雄叫《おたけ》びをあげた。

血の川を踏み越えて闘牛のように突進してくる。その手に握られているのは長さ三メートルほどの薙刀《なぎなた》だ。俺が何かを言う前に、俺を握りしめた夜凪《よなぎ》ノアが迎撃態勢に入る。

《おい！　はやく逃げろ！　死ぬぞ！》

しかし夜凪《よなぎ》ノアは予想外の俊敏さを発揮した。

薙刀《なぎなた》による攻撃をひらりひらりと躱《かわ》していく。それはさながら演舞のようだった。純白の髪をたゆたわせながら跳ね踊る、この世のものとは思えない妖精の姿。

「馬鹿な！　これほどの動き……」

「身体《からだ》が軽い……この夜煌刀《やこうとう》のおかげ……？」

「死ね！」

薙刀《なぎなた》が床に叩《たた》きつけられた。

その瞬間、奇妙な爆発が巻き起こる。

床材が弾《はじ》け、あっという間に下の階が丸見えとなってしまった。

《な、何だあの馬鹿力は……⁉》

「やつの夜煌刀《やこうとう》に秘められた力は【万象破断《ばんしょうはだん》】の呪法《じゅほう》です」

説明されても理解が及ばなかった。連続失踪事件は人の手によるものではない――そういう結論が俺の中で下されて以降、ある程度の超常現象に直面することは覚悟していたが、ここまで血腥《ちなまぐさ》いファンタジー展開になるとは思いもしなかった。

自分が刀になって振り回されるなんて――これは夢なのだろうか？

「ちょこまかと……！　夜凪楼《よなぎろう》の出来損ないが！」

「私は出来損ないじゃありません」

すれ違いざまに夜凪《よなぎ》ノアが刀を振るった。

全身が肉にめり込む感触、生温かい血のスポンジに沈んでいく感触。

そして――硬い何かに激突して、それすらも砕いていく感触。

ぷつり。甲冑《かっちゅう》の左腕が回転しながら飛んでいった。

耳障《みみざわ》りな絶叫がほとばしる。

「ごめんなさい……これは戦争なので……！」

《い、今、こいつの腕を斬ったのか⁉　俺で……⁉》

「はい。あとちょっとです」

床の上でのたうち回る標的目がけ、身を屈《かが》めて走る。

甲冑《かっちゅう》が咄嗟《とっさ》にクナイを投擲《とうてき》。しかし夜凪《よなぎ》ノアは猫のようにジャンプして容易《たやす》く回避。

そのまま俺を両手で握りしめながら急降下して――

脳天に突き刺した。

血飛沫《ちしぶき》。断末魔の叫びがとどろきわたる。

あまりにも不快で貧血になってきた。

「やった……やりました……！　これがあれば勝てます……！」

夜凪《よなぎ》ノアは何故《なぜ》か大はしゃぎしていた。

そのテンションと反比例するようにして俺の意識は遠のいていく。

「初めての夜煌刀《やこうとう》……！　さっそくお父様に報告しなくちゃです………あれ？　どうしたのですか？　古刀逸夜《ことういつや》くん…？――」

限界だった。再び何かが組み替えられていくような感覚がした。

ほどなくして俺は眠りに落ちていった。

□

この街では、人が忽然《こつぜん》と消える事件が頻発している。

バイト帰りの大学生、親とはぐれた子供、終電まで居残りをしていたサラリーマン——すでに両手の指では数えきれないほどの犠牲が出ているらしかった。

何故《なぜ》消えるのかは分かっていない。

しかし、俺の妹——古刀湖昼《ことうこひる》も連続失踪事件の餌食《えじき》となった。


「ありがとうっ。お兄ちゃん大好きっ」

あれは一カ月ちょっと前。四月二十八日——湖昼《こひる》の誕生日のことだった。

湖昼《こひる》が前から「欲しい欲しい」と言っていたハンドバッグをプレゼントしてやると、あいつはふにゃふにゃ笑って俺に抱きついてきた。

「嬉《うれ》しいな〜。嬉《うれ》しいな〜。ねえお兄ちゃん、ケーキもある?」

「もちろんだ。お前の好きなプリンが載ったやつを準備してあるぞ」

「やったー!」

湖昼《こひる》は明るく元気な子だった。

万華鏡《まんげきょう》のように表情が変化して、周りの人を幸せな気分にしてくれる。

俺はこいつと一緒にいられるだけで満足だったのだ。

「ねえ、もう食べちゃおうよ。私が生まれたのって確か今くらいだったよね」

「駄目だ。もうすぐ塾だろ」

「えー」

「パーティーは帰ってきてからな」

湖昼《こひる》は頬を膨らませて「えー」と繰り返したが、すぐに「分かったよ」と頷《うなず》いて塾に行く準備を始めた。聞き分けのいい子だったのだ。

玄関で靴を履いた湖昼《こひる》は、ふと俺のほうを振り返って微笑《ほほえ》んだ。

思わず目を細めたくなるような、それは太陽よりも眩《まぶ》しい笑顔だった。

「――お兄ちゃんが家族でよかった。うちはお父さんもお母さんもいないから。お兄ちゃんがいるだけで、毎日がとっても楽しいよ」

「俺もだ。湖昼《こひる》がいてくれてよかったよ」

「シスコン！」

「いやまあ、間違ってはないけど……」

「冗談っ。じゃあ塾、頑張ってくるね！」

「ああ。居眠りするなよ」

「分かってるってー。お兄ちゃんは部屋を飾りつけておくこと！　私がアッと驚くくらい豪華にしておいてね！」

「はいはい。責任重大だな」

湖昼《こひる》はくるりと踵《きびす》を返《かえ》して出発した。

俺はその日、湖昼《こひる》を喜ばせるために色々なサプライズを用意しておいた。結局それは何の意味もなさなかった。湖昼《こひる》が帰ってくることはなかった。塾帰りに消息を絶ったのだ。

□

「——……古刀《ことう》くん。……古刀逸夜《ことういつや》くん」

遠くで誰かが呼んでいる。冷静で、淡々としていて、妹の湖昼《こひる》とは似ても似つかない静謐《せいひつ》な声。俺の意識は引っ張り上げられるようにして闇の底から浮上した。

「目が覚めたようですね」

ゆっくりと瞼《まぶた》を上げる。視界いっぱいに広がっていたのは、生き物とは思えないほど白い少女の無表情。俺は「うわあ」と悲鳴をあげて飛び起きた。

「夜凪《よなぎ》ノア⁉　刺されたはずじゃ……⁉　傷は大丈夫なのか⁉」

「はい。いえ。それにしても――」

畳の上に正座しながら、きょとんとした瞳でこちらを見つめてくる。

「――奇特な方ですね。開口一番に私の心配をするなんて」

「だって血が……あれ？」

夜凪《よなぎ》ノアは白いTシャツを着ていた。血もついていないし、体調が悪そうな印象もない。

「傷は塞がってしまいました。あなたの力によって」

「俺の？」

「夜煌刀《やこうとう》には呪法《じゅほう》と呼ばれる特殊な異能が宿ります。あなたのそれは、使い手の傷を癒《いや》し、身体能力を飛躍的に向上させる一級の代物だったのです」

「はあ……？」

「混乱するのも無理はありません。……これをどうぞ」

差し出されたお盆には、湯飲みとプリン（コンビニで売ってそうなやつ）が載っている。これでも喫して落ち着けという意味なのだろうが、そんな気分にはなれなかった。

俺は警戒しながら周囲を観察した。

六畳の和室。あんまりモノがない、質素な空間だ。

押し入れ脇に鎮座している勉強机は小学生が使うような巨大なやつで、その隣のカラーボックスには見覚えのある教科書や参考書が並べられている。

「……何がどうなってこうなったんだ」

「ここは私の部屋です。空きビルで気絶したあなたを運んできました」

脳裏にバケモノの姿がよぎった。俺はあの甲冑《かっちゅう》に殺され、何故《なぜ》か刀になって復活した。

今は元通りの姿になっているけれど——

「くそ。俺は夢を見ているのか」

「人間にとっては悪夢のような現実かもしれませんね」

「まるで自分が人間じゃないような言い方だな」

「私は人間ではなくナイトログです」

「……吸血鬼なのか？　俺の血を吸ってたよな？」

「似たようなものですが、十字架やにんにくが嫌いなわけではありません。夜凪《よなぎ》一族は人間の血を吸うことによって夜煌刀《やこうとう》を作り出すことができるナイトログなんです」

「やっぱり夢なんじゃないのか」

「あなたも思い知ったはずですよ。人間はナイトログによって人知れず狩られているのです」

ぞくりとするような冷たい声だった。

夜凪《よなぎ》ノアから、得体の知れない威圧感のようなものが伝わってくる。

そのナイトログが人を狩る存在ならば、彼女もまた無法を働いているのだろうか。

「あなたは世界が二つ存在することを知っていますか。人間たちが住む昼ノ郷《デイトピア》、そして私たちナイトログが住む夜ノ郷《ナイトピア》」

「聞いたこともない」

「現在、この街では六人のナイトログによる熾烈《しれつ》な争いが繰り広げられていて」

ぐぅ。

腹の虫が鳴いた。夜凪《よなぎ》ノアの腹にいる虫だった。

「し、熾烈《しれつ》な争いを繰り広げていて……」

「お腹《なか》空いてるのか？」

「……恥ずかしいことではありませんよ。人間はお腹《なか》が空く生き物ですから」

「ん⁇」

「あなたは空きビルで力尽きてからずっと寝ていたので、何も食べていません。お腹《なか》が鳴ってしまうのも自然の摂理ですね」

それで押し通そうとする根性にビックリだ。

「下の階は中華料理店になってます。あなたの食事につきあってあげますよ」

アクロバティックな上から目線もさることながら、その口数の多さに俺は驚いてしまった。学校では二宮金次郎《にのみやきんじろう》のように黙々と読書をしているだけなのに。

夜凪《よなぎ》ノアはすっくと立ち上がり、ふすまを開いて廊下に出ると、俺のほうを振り返って「はやく来てください」と催促するのだった。

『――…埼玉県××市で十五歳の女子中学生が行方不明になっていることが分かりました。行方が分からなくなっているのは××市に住む△△さんで――…××市では先月からの行方不明者数が十七人にのぼり…――』

天井付近のテレビが夜のニュースを伝えている。

俺はその耳障《みみざわ》りな内容を無視して店内に目を向けた。

夜凪《よなぎ》ノアが寝泊まりしている中華料理店は〝ドラゴン亭〟という。五十年前からやっている老舗らしく、椅子やテーブルにも年季が入っているのが覗《うかが》える。色褪《いろあ》せた招福画、塗りの剝げた龍の置物、何故《なぜ》か設《しつら》えられた座敷《ざしき》席――なんとなく雑多な印象を抱かせる店内だった。

お客さんは座敷《ざしき》でカタカタとノートPCをいじっている少女だけだ。毎日ストーキングしているので知っていたが、やはりこの店は閑古鳥に愛されているらしい。

「――こんばんは！　あなたがノア様のパートナーになった古刀逸夜《ことういつや》様ですねっ？」

厨房《ちゅうぼう》のほうからメイド服の赤髪少女が現れた。あまりにも屈託のない笑顔だったので、俺は流されるままに「そうですけど」と答えてしまう。

「わあ！　やりましたねえ、ノア様！　初めての夜煌刀《やこうとう》ですよ？　お父様に報告したらきっと喜んでくださいます！　さ～て今夜はお赤飯ですねっ」

メイドはニコニコしながら夜凪《よなぎ》ノアの肩を揉《も》んでいた。

「……えっと、どちら様？」

「申し遅れました！　ノア様の世話係を務めている火焚《ひだき》カルネと申します！」

本物のメイドとは恐れ入った。

よく見れば、彼女の瞳もノアと同じように赤かった。

ナイトログは全員ああいう目をしているのだろうか。

じろじろ観察していると、視線に気づいたカルネがウインクをかましてくる。

「ふふ、よきでしょう？　元はメイドじゃなくてただの下働きだったのですが、昼ノ郷《デイトピア》のアニメカルチャーに憧れて制服を替えてもらったんですっ。萌《も》えますか？」

萌《も》えられる状況ではない。

夜凪《よなぎ》ノアが無表情で俺の顔を見つめ、

「カルネは味方なので安心してください。六花戦争《ろっかせんそう》でもサポートをしてくれるんですよ」

「ノア様すぐ死んじゃいそうですからねえ。私がいないとダメなんです」

「そこまでじゃないです」

「ちょっと待ってくれ。何が何だか分からない。まずは状況の説明をしてくれると助かるんだけど……ナイトログって何なんだ？　六花戦争《ろっかせんそう》って……？」

「そうですね。ご飯を食べながら説明してあげましょう」

そう言って夜凪《よなぎ》ノアはすぐ近くの席についた。

「何か食べたいものはありますか？」

「いや、俺は……」

「さあ古刀《ことう》さん、何でも頼んでください！　私が責任をもってオモテナシいたしますよっ」

　カルネに背を押されて席に座らせられてしまった。もちろん食欲は湧かない。しかし注文しなければ先に進まない気がしたので、とりあえずチャーハンを頼むことにした。

□

「——この世の裏側の世界、それが夜ノ郷《ナイトピア》。歩いて行くことはできず、陽の光は届かず、夜しか存在しない常闇《とこやみ》の世界。ナイトログとは、その夜ノ郷《ナイトピア》に住んでいる者たちのことです。姿形は人間にそっくりですが、常夜神《とこよがみ》から祝福を受けているという点で人間と異なります」

　味噌《みそ》ラーメンを食いながら夜凪《よなぎ》ノアは語る。

　カルネは厨房《ちゆうぼう》に引っ込んで仕事をしているらしく、この場に姿はなかった。

「常夜神《とこよがみ》とはナイトログが信仰する唯一神のことですね。彼、あるいは彼女が私たちに授けた祝福は——人間を刀に変換する力、すなわち夜煌錬成《やこうれんせい》です。所定の接続礼式《せつぞくれいしき》をこなすことによって、人間を夜煌刀《やこうとう》と呼ばれる武器に作り替えることができるのです」

「……俺が刀になった理由がそれ？」

「はい。右の手の甲をご覧ください」

言われるままに目を落とす。そこに刻まれていたのは、黒々とした不思議な紋章だった。菱《ひし》形《がた》のシンプルな図形で、あまり派手派手したものではないが、見る人が見ればドン引きするに違いなかった。だってこれ、どう見ても――

「入れ墨……？」

「似て非なるものですね。それは夜煌紋《やこうもん》といって、あなたがすでに人間ではなくなった証拠です。洗濯しても落ちないので諦めてください」

「………………」

「夜煌錬成《やこうれんせい》を発動するための儀式を接続礼式《せつぞくれいしき》と呼びます。私のそれは『自分の歯で皮膚を破って三秒以上血を吸うこと』。これによってあなたは夜煌刀《やこうとう》に生まれ変わりました」

「えっと、その、……俺はもう人間じゃないのか？」

「はい。夜煌錬成《やこうれんせい》は存在そのものを書き換える儀式でもあります。人の皮を被《かぶ》っていますが、あなたはすでにヒトではなくモノ、有機物ではなく無機物、使う側ではなく使われる側。でもこれは仕方のないことでした。あなたを助けるためにはこうするしかなかったんです。夜煌刀《やこうとう》になれば肉体から解放され、物理的な傷によって死ぬことがなくなりますから」

――夜煌刀《やこうとう》。

心の奥底に、黒光りする日本刀のビジョンが残っている。

これが刀としての古刀逸夜《ことういつや》の姿なのだろうか。

困惑する俺をよそに、夜凪《よなぎ》ノアはレンゲで掬《すく》ったスープをふーふーしていた。

白い毛先がどんぶりに着水している。

このポンコツ臭は相手を油断させるための演技なのか、それとも素なのか。

「夜煌刀《やこうとう》になれば傷が治る――つまり、お前は俺の命の恩人ってわけか」

「それを言うならば、あなたも私の命の恩人です。夜煌刀《やこうとう》にはそれぞれ呪法《じゅほう》と呼ばれる異能が宿っていますが、あなたのそれは使い手の傷や疲労を一気に回復させる破格の代物。あれがなければ私は死んでいました」

「その通りですっ！　私からもお礼を申し上げます！」

カルネが皿を持って飛び出してきた。

ほかほかと湯気を立てるチャーハンが目の前にコトリと置かれる。

「古刀《こと》さんの夜煌刀《やこうとう》としての性能はトンデモですよ！　たぶん、使い手のコンディションを最大限まで引き上げることができるのでしょう。どれだけ攻撃を食らっても回復できる不死身の呪法《じゅほう》……【不死輪廻《ふしりんね》】と名付けましょうか。銘は〈夜霧〉がいいですかね」

「カッコいいです。採用で」

「おい」

夜凪《よなぎ》ノアは「こほん」と咳払《せきばら》いをして話を戻した。

「本来、夜煌錬成《やこうれんせい》が成功する確率は極めて低いです。夜煌刀《やこうとう》になるにしても相応の適性が必要だからです。私たちがあの修羅場を乗り越えることができたのは、ほとんど奇跡でした」

「俺はまた刀になれるのか？」

「私と接続礼式《せつぞくれいしき》をすれば可能です。人間形態の夜煌刀《やこうとう》を刀剣形態に変換する行為もまた夜煌錬《やこうれん》成《せい》と呼ばれていますね。ちなみにあなたは私と契約を結んでいますから、他のナイトログが接《せっ》続礼式《ぞくれいしき》をしてもあなたを刀にすることはできませんよ。あなたは私の愛刀になったのです」

ぴとり、と、夜凪《よなぎ》ノアの人差し指が俺の首筋に添えられた。

血を吸われた時の官能的な感覚が蘇《よみがえ》り、俺は慌てて彼女の指を払った。

「俺はお前のモノになったつもりはない」

「ダメですよ古刀《ことう》さん、そんなこと言っちゃ」

カルネが夜凪《よなぎ》ノアのコップに水を注ぎながら言った。

「夜煌錬成《やこうれんせい》をされた人間は、夜煌錬成《やこうれんせい》をしたナイトログと強固に結ばれているんです。生涯のパートナーみたいなものですよ。ねえ水葉《みずは》」

急にカルネが座敷《ざしき》のほうへと話を振った。

それまでPCをいじっていた少女が面倒くさそうに「そうだね」と呟《つぶや》いた。

毒々しいバンドTシャツと、メッシュの入ったつややかな黒髪。

言い方は悪いが、やさぐれた家出少女という雰囲気だ。

「彼女はカルネの夜煌刀《やこうとう》で、名前は石木水葉《いしきみずは》。ドラゴン亭の経理担当でもあります」

夜凪《よなぎ》ノアがメンマをもきゅもきゅ咀嚼《そしゃく》しながら言った。

石木《いしき》はこちらに関心がないのか、振り向くこともせずにキーボードを叩《たた》き始める。

「水葉《みずは》は私との接続礼式《せつぞくれいしき》が好きじゃないみたいなんですよぅ。夜煌刀《やこうとう》は定期的に刀剣形態にならないと身体《からだ》が鈍っちゃうのに……でもまあ、口では嫌がってますけれど、なんだかんだ私に協力してくれる優しい子ですよ」

「……だいたい理解した。この世には不思議なことがたくさんあるってことだな」

「理解が早くて助かります」

「だが、俺の知りたい情報は手に入っていない」

俺はまっすぐ夜凪《よなぎ》ノアを見据えて言った。

「お前たちは……ナイトログは、この街で起きている事件に関係しているんじゃないか？」

「事件、とは何でしょうか？」

「とぼけるな。連続失踪事件のことだよ」

夜凪《よなぎ》ノアとカルネは困ったように顔を見合わせた。

こいつらは何かを知っているのだ。やはり夜凪《よなぎ》ノアのストーカーになって正解だった。

「俺の妹、古刀湖昼《ことうこひる》は、一カ月前の四月二十八日に行方不明になった。それからずっと捜索を続けているが、成果は出ていない」

「ふむふむ。だからナイトログ関係が怪しいのではないかと思ったのですね」

「それと一週間前に差出人不明の手紙が届いたんだ。『夜凪《よなぎ》ノアが鍵を握っている』──それだけ書かれた手紙だ。だから俺はお前が事件の犯人なんじゃないかと疑っている」

「え……」

「もちろん半信半疑だ。でもそれ以外に手がかりがなかった。……確認するが、お前が湖昼《こひる》をどうにかしたわけじゃないよな？　たとえば夜煌刀《やこうとう》にしてしまったとか」

「そ、それはありえません」

夜凪《よなぎ》ノアが目を逸《そ》らして呟《つぶや》いた。カルネも「そうですよ」と同調する。

「ノア様は人間をどうにかしようと考えられるほど肝の大きいナイトログではありません。それに、ノア様が夜煌錬成《やこうれんせい》を発動させることができたのは今日が初めてですから。成功させたのが初めて、ではなく、発動させたのが初めてなのです」

その違いの意味がよく分からない。

「ナイトログは人間を狩る、みたいなことを言ってなかったか？」

「そ、そうなのですが、私にはできません。私は何故《なぜ》か夜煌錬成《やこうれんせい》を発動できない体質で、戦う時は木刀を振り回していました。言ってしまえば、その……」

「落ちこぼれなんですよね、ノア様」

夜凪《よなぎ》ノアは「うっ……」と呻《うめ》いてうつむいてしまった。

「……じゃあ、別のナイトログの仕業ってことか」

「はい。おそらく六花戦争《ろっかせんそう》の参加者だと思います」

「六花戦争《ろっかせんそう》……？」

「夜ノ郷《ナイトピア》を支配する常夜神《とこよがみ》が開催するイベントです。ナイトログ六人を籤《くじ》で選出し、昼ノ郷《デイトピア》に送り込んで武力を競わせます。今回の優勝賞品は天外《てんがい》という特別な秘宝だそうで、どの陣営も張り切っているみたいですね」

夜凪《よなぎ》ノアはポケットから何かを取り出した。

ピンポン玉くらいのサイズの、それは紅色の球体だった。

「これは六花戦争《ろっかせんそう》参加者の証《あかし》・紅玉《こうぎょく》です。これを手放すと失格になるため、常に肌身離さず持ち歩く必要があります。六つ集めた者が優勝です」

「それとこれと何の関係があるんだ？」

「本来、新規に夜煌刀《やこうとう》を作る夜煌錬成《やこうれんせい》は一日に一度しか発動できません。あんまり刀にしすぎると人的資源が枯渇《こかつ》してしまいますから、常夜神《とこよがみ》によって制約が課されているんです。でも紅《こう》玉《ぎょく》を持っていれば――六花戦争《ろっかせんそう》に参加していれば、その回数が拡大されます。武器を使い捨てるつもりで全力で戦え、というのが常世神《とこよがみ》のお考えらしくて」

「参加者の誰かが夜煌錬成《やこうれんせい》を毎日上限いっぱいまで使っているのかもしれませんねえ。それが世間では連続失踪事件として受け止められて騒ぎになっている、と」

カルネが他人事《ひとごと》のように補足した。

「……もし刀にされた場合、どうなるんだ？　そのナイトログの武器になるってこと？」

「夜煌錬成《やこうれんせい》が成功すれば夜煌刀《やこうとう》になりますね、あなたみたいに。でも失敗した場合は──むしろ失敗する場合のほうが多いのですが、その時は何の変哲もないナマクラに変換されてしまいます。夜煌刀《やこうとう》としての呪法《じゅほう》を持たない、ただの鉄の塊ですね」

「そうなったら──」

「元の形には戻りません。ナマクラは夜煌刀《やこうとう》ではないのですから。ちなみに私の場合は成功失敗以前に一度も夜煌錬成《やこうれんせい》を使えたことがなかったので、人間に被害が及んだことはありません」

目眩《めまい》がしてならなかった。

ナイトログは好き勝手に人間を狩っている。夜煌刀《やこうとう》になれればまだマシなほうで、その大半は物言わぬナマクラと化す。そして妹の湖昼《こひる》もそれの餌食《えじき》になった可能性がある。

「……あの甲冑《かっちゅう》も参加者なのか」

「はい。あれは首崎館《しるしざきかん》から選出された六花《ろっか》戦争《せんそう》参加者、首崎《しるしざき》ナガラというナイトログです。アジトの様子を探るために尾行していたのですが、奇襲されてしまいました。瀕死《ひんし》の重傷を負ったところに逸夜《いつや》くんが来て──この紅玉《こうぎょく》を手にすることができました」

夜凪《よなぎ》ノアはもう一つの玉を取り出した。

それは首崎《しるしざき》ナガラを倒した証《あかし》に他ならない。

球体と同じ色をした瞳が、ジッと俺を見つめてきた。

「話を聞いた限りだと、あなたの妹さんはナイトログの毒牙《どくが》にかかった可能性があります。もしナマクラに変換されていた場合、助ける方法は一つだけ。天外《てんがい》を手に入れるしかない」

「どういうことだよ」

「六花戦争《ろっかせんそう》の優勝賞品である天外《てんがい》は、所持者の願いを一つだけ叶《かな》えてくれるそうです。仮に妹さんがナイトログとはまったく関係ない理由で失踪していたのだとしても、これを使えば必ず見つけ出すことができます」

「一個しか願いは叶《かな》わないんだろ。お前はいいのか？」

「構いません。私が欲しいのは……優勝の栄光だけですから」

古びた首振り扇風機が夜凪《よなぎ》ノアの白髪をさわさわと揺らすのを見て、俺は頭を抱えた。

荒唐無稽な話だと思う。否定もできないし、素直に受け入れることもできない。

「あ、古刀《ことう》さん。ノア様の話を全然信じてませんね？」

「全然ってわけじゃないけど……めちゃくちゃすぎてついていけないんだ」

「ノア様の刀として一回戦ったのに？」

「あれは夢だったんじゃないかと未《いま》だに思っている」

「では。これが現実であることを教えて差し上げます」

「え……？」

抵抗をする間もなかった。夜凪《よなぎ》ノアがゆっくりと口を近づけてきて、かぷり、と、俺の首筋に歯を立てる。悲鳴をあげて後退《あとずさ》ろうとしたが、がっしり抱きしめられて動くことができなかった。滴《したた》る血液がちゅうちゅうと吸われていき――

俺の身体《からだ》は突如として闇のうねりへと姿を変える。

そうだ。この感覚だ。やっぱりこれは夢じゃないのかもしれない。

「これが夜煌錬成《やこうれんせい》。人間としての肉体は宵闇となって霧散し、その奥に隠された核――つまり夜煌刀《やこうとう》そのものを抜刀することによって変換が完了します」

夜凪《よなぎ》ノアが胸に手を突っ込んできた。

しっかりと俺の核をつかんで――そのまま一気に引き抜いた。

「わあっ！　すごいですノア様！　これが古刀《ことう》さんの刀剣形態――〈夜霧〉なのですね！」

カルネがぱちぱちと手を叩《たた》いている。

ノアは刀となった俺を握り、周囲に滞留していた宵闇を振り払った。

「どうですか？　刀にされる感覚は」

《……分かった。分かったから元に戻してくれ》

「念じてください。人間形態への変換は自力でできるそうです」

言われた通りにすると、もやもやとした闇が俺の刀身にまとわりついてきた。闇はうごめく粘土のように変形し、古刀逸夜《ことういつや》としての形状へと戻っていく。

気がつくと、俺は夜凪《よなぎ》ノアの手から離れ、ドラゴン亭の椅子に座っていた。

再びこんなことをされたら信じないわけにもいかない。

「現実逃避をしたくなってきた」

「あなたはこれからどうするおつもりですか？」

「もちろん湖昼《こひる》を捜す予定だけど……」

「選択肢が一つあります」

細い人差し指がピンと立てられた。それは選択肢とは言わない。

「私の夜煌刀《やこうとう》として一緒に戦うこと。そうすればすべてが丸く収まります」

俺はしばらく熟考した。

メイドのカルネが「ほらほら頷《うなず》くしかないですよ～？」と肩を揉《も》んでくる。

古刀逸夜《ことういつや》がこの場でとるべき行動は――

「――ごめん。無理だ」

「ふぁ」

手から箸が落ちる。夜凪《よなぎ》ノアは鯉《こい》のように口を開いて固まった。

「な……何故《なぜ》？　湖昼《こひる》ちゃんが見つかるかもしれないんですよ……？」

「心の整理がつかない。保留にさせてくれ」

「チャーハンを奢《おご》ってあげましたよね」

俺は財布から千円札を取り出してテーブルに叩《たた》きつけた。

「このチャーハンは十万円です」

「なわけあるか。帰る」

あたふたする夜凪《よなぎ》ノアを押しのけて歩き出した。

世界の秘密を教えてくれた彼女には感謝している。しかし、手を組むかどうかは別問題だ。

右も左も分からない以上、あらゆるものを疑ってかかったほうがいい。

「――ノア様ノア様！　こうなったら最終奥義《おうぎ》を使うしかありません！」

「最終奥義《おうぎ》ですか……。仕方ありません……」

背後で何かの計画が動き出す気配。

直後、がしっと腕をつかまれてしまった。

「……待ってください。実はあなたを私のモノにするプランは考えてあるのです」

「まさか、暴力？」

「逸夜《いつや》くん」

ちょっとドキリとした。下の名前で呼ばれるなんて。

「もともと私は利害関係であなたを縛るつもりはありません。もっと深い関係が理想だと思っているのです。正直、夜煌刀《やこうとう》にすることができたのが逸夜《いつや》くんで助かりました」

「俺がその【不死輪廻《ふしりんね》】とかいう能力を持ってたからか？」

「それもありますが。あなただからこそ実行できるプランがあるんです。あなたは学校で私のことをずっと見てますよね。というか、登下校中もずっと監視してますよね」

何故《なぜ》バレてる。

「なので、あなたにアベック申請を行います」

「……へ？」

いつものクールな声色で。

耳を疑うようなセリフをのたまった。

「私のことが好きなんですよね？　その濃《こま》やかな願いを叶《かな》えてあげますよ。あなたが私の彼氏になれば、彼女のために働くしかありません。だから……私とつきあってください」

カルネが黄色い悲鳴をあげた。

石木《いしき》は黙々とPC作業をしている。

よく見れば、夜凪《よなぎ》ノアの指先は小刻みに震えていた。そのとんちんかんな提案をするのに、清水の舞台から飛び降りるような勇気を消費したに違いなかった。

「……あ、あの。返事を聞かせてくれませんか」

ああ。こいつは演技じゃない。

素だ。ド素だ。

申し訳ないと思うが、もちろん断った。

□

ごーん、ごーん、と鐘の音が八回くらい鳴っています。近所迷惑としか思えない音色を鼓膜で感じながら、私はドラゴン亭のテーブルに突っ伏しました。

「…………………………………………………………………………しにたい」

人生で初めて告白して（しかも超上から目線）、見事にフラれたのです。

人間はナイトログと違って平和的な生き物なので、戦いに首を突っ込みたがるはずがありません。彼らを奮い立たせるためには愛の力が必要なのです、とカルネが言っていました。ノア様は可愛《かわい》いから大丈夫です、きっと告白は成功します、とカルネが言っていました。

でもカルネは嘘《うそ》吐《つ》きだったみたいです。

「元気出してくださいノア様！　古刀逸夜《ことういつや》が妹さんに辿《たど》り着《つ》くためにはノア様の協力が必要不可欠なんです！　そのうち泣きついてきますよ」

「じゃあ私が告白する必要なくないですか……？」

よく考えてみれば、逸夜《いつや》くんが私を追いかけていた理由は「好きだから」ではなく「連続失踪事件の容疑者だから」だったのでした。自意識過剰にもほどがあります。

カルネが「てへ」と舌を出しました。

私は激怒してぽかぽかとメイドを殴ります。

「どうしてくれるのですか！　変な子だって思われたかもしれません！」

「没問題《メイウエンテイ》ですよ！　少年少女はそうやって大人の階段をのぼっていくんです」

「ううううっ……！」

逸夜《いつや》くんには嫌われたくありません。

契約を結んだナイトログと夜煌刀《やこうとう》は、身体的にも精神的にも強固なつながりを持つことになります。いわば伴侶のようなもの。できることなら逸夜《いつや》くんには心を開いてほしい。

自分だけの愛刀と仲を深めることは、私の夢でもあるのです。

「失敗しました。カルネに頼った私が愚かでした」

「えぇ？　でも水葉《みずは》は『私のパートナーになってください』って言ったらＯＫしてくれましたよ？　ねー水葉《みずは》ーっ」

「うざい……」

カルネが水葉《みずは》に頰擦りをし始めました。

水葉《みずは》は鬱陶しそうに暴れていますが、満更でもなさそうです。

羨ましい、私も自分の夜煌刀《やこうとう》と仲良くなりたい、逸夜《いつや》くんとああいうことをしたい……！

「そうだノア様、水葉《みずは》に協力してもらえばいいんじゃないですか？」

「へ？」

「同じ夜煌刀《やこうとう》なら話し合いもしやすいかと思いまして。ナイトログに使われることの素晴らしさを正しく伝えられるかもしれません！」

私は期待を込めた眼差《まなざ》しで水葉《みずは》を見つめます。

彼女は居心地悪そうに身じろぎをして目を逸《そ》らしました。

「僕は協力しない。あんたらで勝手にやってれば」

「え～？　もしかして古刀逸夜《ことういつや》のこと、キライですか？」

「僕はあの人に同情してるだけだよ。いきなり刀にされたら誰だって困惑するでしょ。普通の人間だったら受け入れられないって。まー僕は夜煌刀《やこうとう》になるメリットを取ったけどね」

水葉《みずは》は「それよりも」とノートＰＣの画面を指差しました。

「カメラの映像」

「おぉ？」

そこに映っているのは、刀を構えた少女の姿でした。

水葉《みずは》は偵察用のドローンを飛ばしているのです。

「これは……ナイトログですね」

「場所はここからそう離れていないよ。近いうちに仕掛けてくるかもね」

私は不穏な気分になって画面を見つめました。

彼女の足元に散らばっているのは、無数の折れた刀。

どう見ても普通の刀剣ではありません。間違いなく夜煌刀《やこうとう》のなり損ない――ナマクラです。

もしかしたら、彼女が連続失踪事件の犯人なのかも。

やつらに対抗するためにも、はやく逸夜《いつや》くんを懐柔しないといけません。

□

翌朝。俺はもやもやした気分で登校することになった。

昨日のことが未《いま》だに頭から離れないのだ。

「おはよう逸夜《いつや》。なんか顔色悪くない？」

重たい足取りで廊下を歩いていると、中学時代からつるんでいる荻野《おぎの》誠《まこと》が肩を叩《たた》いてきた。

柔和な顔立ちなので女子に間違われやすいが、れっきとした男子生徒である。

「寝不足？　湖昼《こひる》ちゃんが心配なのは分かるけど、無理はよくないよ」

「分かってるさ」

「体調崩すと成績にも響くし。また赤点とって補習になったら面倒でしょ」

補習になったところで痛《いた》くも痒《かゆ》くもない。

俺にとって重要なのは湖昼《こひる》の安否だけだからだ。

「ああ、そういえば。また消えたんだって」

「何が？」

「塾帰りの中学生が行方不明になったらしいよ。うちの学校もピリピリしてて、生徒たちを集団下校させようかって話になってるみたい」

「高校で集団下校かよ」

連続失踪事件には色々な解釈がなされている。

ただの偶然。集団幻覚。犯罪組織の陰謀――いずれも的を射たものではなかった。

普通の人間はナイトログと接点がないからだ。

「あ、古刀《ことう》に誠《まこと》くん！　こっちこっち！」

色々と考えながら教室に入ると、無駄に元気のいい声が響きわたった。

ど真ん中の席で手を振っていたのは、如月光莉《きさらぎひかり》という女子生徒だ。

身長はうちの妹よりも小さく、露出したでこっぱちが幼い印象に拍車をかける。

俺は彼女のもとへ向かいつつ、横目で窓際《まどぎわ》の席をうかがった。

夜凪《よなぎ》ノアはまだ来ていないようだ。

「どしたの？　古刀《ことう》、死にかけって顔してるよ」

「元からこんな顔だよ」

如月《きさらぎ》は「ぎゃははは」とギャルみたいに笑った。

近くにいた女子ももれなく爆笑する。なんだか居《い》た堪《たま》れない。苦手だ。

「で、何か用事？」

「いやさ、あたしら二年になってから親睦会してなかったじゃん？　中間も終わったし、そろそろどっか遊びに行こうかなって」

「あ、僕たちも誘ってくれるの？」

誠《まこと》が食いついた。こういうタイプの女子にも物怖《ものお》じしないからすごい。

「もちろん！　今のところカラオケが有力かなあ……どこか行きたいとこある？」

「僕もカラオケがいいな。如月《きさらぎ》さん、歌が上手《うま》いって聞いたから」

「おおっ、あたしの十八番《おはこ》を聞きたいとな!?　いいよいいよ、誠《まこと》くんのために昭和歌謡のフルコースを熱唱したげるぜ！」

女子たちが「え～またぁ～？」とブーイングをあげた。

そこでふと思う。

「もしかして、夜凪《よなぎ》ノア……さんも誘ったのか？」

「ヴっ」

如月《きさらぎ》が奇妙な声を出して目を泳がせた。

「そりゃーもちろんさー。クラス全員で行けるのが理想だけどさー……」

「光莉《ひかり》、フラれちゃったもんねえ」

「だって！　話しかけても『いいえ』と『今忙しいので』しか言わないんだよ⁉　イクラちゃんより語彙が少ねえ」

再び爆笑。でも俺は笑えなかった。

やはり学校における夜凪《よなぎ》ノアは特異な存在なのだ。明らかにコミュ強の如月《きさらぎ》ですら崩せない鉄壁の牙城《がじょう》。そもそも、あいつは何故《なぜ》学生なんかをやっているのだろうか？

「ううう、ノアちゃんにも参加してほしいんだけどなあ」

「夜凪《よなぎ》さん、スウェーデンから来たばっかりだから馴染《なじ》めてないのかもね」

本当はスウェーデンではなく夜ノ郷《ナイトピア》という謎の異世界である。

むむむ、と如月《きさらぎ》は唸《うな》り声をあげ、

「じゃあ、馴染《なじ》めるようにあたしらが頑張らないとね！　決めた！　何回も誘えば気が変わるかもしれないから──」

「逸夜《いつや》くん」

場に緊張が走った。

恐る恐る振り返ってみると、夜凪《よなぎ》ノアが立っていた。無表情で。

ガタン！　と如月《きさらぎ》が立ち上がり、

「の、ノアちゃん！　あはは、いつからいたのー⁉　びっくりさせないでよもー」

「これを読んでください」

如月《きさらぎ》を無視し紙切れを寄越してきた。

これは――折り畳まれたノートの切れ端？

「何これ？」

「こうするほうが効果的だとカルネが言ってました」

カルネ――あの喧《やかま》しいメイドか。何やら嫌な予感しかしない。

夜凪《よなぎ》ノアはくるりと踵《きびす》を返《かえ》すと、自分の席に戻って教科書を読み始めた。

最初に沈黙を破ったのは誠《まこと》だった。

「逸夜《いつや》、夜凪《よなぎ》さんと何かあった？」

「なかった」

「古刀《ことう》！　それ何て書いてあるの!?」

如月《きさらぎ》が興味津々《きょうみしんしん》といった様子でつめ寄ってくる。他の人に見せるなと言われたわけではないので、俺は躊躇《ちゅうちょ》なくその切れ端を開いてみた。

『昼休み、屋上で待ってます　夜凪《よなぎ》ノア』

……どうしてわざわざ爆弾を投下するのだろう？

あいつは目立ちたいのか？　想像力が欠如しているのか？

呆《あき》れながら顔を上げた瞬間、爆弾は見事に爆発してしまった。

「きゃ――――!!」

如月《きさらぎ》を含めた女子グループが悲鳴をあげる。

「な、なんでなんで⁉　あたしには素っ気ないのに⁉　なんで古刀《ことう》なんかを⁉」

「『なんか』って失礼じゃね……？」

「ノアちゃんに何をしたの、されたの⁉　吐けよ古刀《ことう》‼　おらおらおら‼」

本人に聞いてほしかった。

俺が吐けるのは羞恥と諦めの溜息《ためいき》だけだ。

□

俺は夜凪《よなぎ》ノアが語った真実を反芻《はんすう》する。

この世には昼ノ郷《デイトピア》／夜ノ郷《ナイトピア》という区分が存在しており、後者にはナイトログと呼ばれるバケモノが住んでいる。ナイトログは夜煌錬成《やこうれんせい》という特殊能力で人間を夜煌刀《やこうとう》に変換し、武器として使用する。現在、この街ではナイトログたちが天外《てんがい》と呼ばれるお宝を巡って抗争を繰り広げていて、多くの人間が巻き込まれている。連続失踪事件の被害者はナイトログの手で刀にされた可能性があるため、元に戻すためには、何でも願いを叶《かな》えることができる天外《てんがい》が必要。

「無視するわけにもいかないよな……」

時間は矢のように過ぎ去り、あっという間に昼休みになってしまった。

俺は妙にドキドキした気分で屋上を目指す。背後から誰かがついてくる気配がしたが、気にしている余裕はなかった。どうせ野次馬根性を働かせた誠《まこと》や如月《きさらぎ》だろう。

四階からさらに階段を上がり、がこぉん……――と金属製の扉を開け放った。

うららかな日差しが差し込み、思わず目を細めてしまう。屋上はもともと開放されているため、お昼ご飯を食べたり勉強したりしている生徒がちらほら見られた。

その中でもひときわ異彩を放つ、純白の妖精。

夜凪《よなぎ》ノアは、寄せ植えされたプランターの近くにぽつんと立っていた。

「逸夜《いつや》くん。来ましたね」

「何の用だ？」

「ではさっそく――」

フェンスに手を添え、ゆっくりと振り返りながら言った。

「あなたを落としたいと思います」

「……落とす？　ここから？　殺害予告？」

「ち、違います」

白い頬が無花果《いちじく》のように染まっていく。

「あなたの心を落とすと決めたのです。ナイトログと夜煌刀《やこうとう》がお互いの力を最大限に発揮するためには、お互いを信頼し、好き合っている必要があります」

心なしか早口だ。何かを誤魔化すように。

「しかし現実問題として、強制的に夜煌刀《やこうとう》にされた人間は使い手であるナイトログのことを毛嫌いする傾向にあります。だから私はあなたの心を懐柔したい。利害や損得による縛りではなく、お互いがお互いのことを大切に思うような関係を築きたいんです」

「どうやって？」

「恋愛的な意味で落とします。そうするのが一番だとカルネが言ってました。私はあなたのことを好きになろうと努力しますから、あなたも私のことを好きになってください」

「ごめん。発想が異次元すぎてついていけない……」

「あなたは私の愛刀です」

かんっ!!――背後の物陰で誰かが何かを落とした。

「わああ！」と悲鳴をあげたのは如月《きさらぎ》だ。床に転がったスチール缶からドクドクとコーラがあふれ出ていくのが見えた。聞き耳を立てている者がいるのを悟ったのか、夜凪《よなぎ》ノアはぐっと俺に近づくと、声をひそめて囁《ささや》いた。

「あなたは、どうしたら私のことを好きになってくれますか？」

「よく分からないが、お前はナイトログなんだろ？　人間とそういう関係になれるの？」

「はい。私は抵抗がないですし、そういうアベックもいたとお父様が言ってました」

「アベックてお前」

「それに最近の研究によると、ナイトログと人間には生物学的な差異はないそうです。常夜神《とこよがみ》の祝福を受けて夜ノ郷《ナイトピア》に住むのがナイトログ、そうでないのが人間。分かりやすく言えば、人間と類人猿くらいの違いです」

「生物学的に随分違うと思うけど……」

「ダメですか？」

「俺は猿とはつきあえない」

「あなたが猿です」

「ややこしい！」

「お願いです。私の刀になってください。あなたは私の初めての夜煌刀《やこうとう》だから……もちろん別の夜煌刀《やこうとう》を新しく作ったりはしませんので」

「それが俺に執着する理由か。俺のことが好きってわけじゃないんだよな」

「夜煌刀《やこうとう》として好きです。人として好きになるのはこれからです」

夜凪《よなぎ》ノアは赤くなってうつむいてしまった。

なんというか、話が面倒くさい方向にどんどん変化している。「妹さんの捜索に協力するので手を組みましょう」ならまだ分かるが、アベックとはいったいどういう了見だ。

俺は夜凪《よなぎ》ノアの感情の機微には露ほども興味がない。

湖昼《こひる》が消えたあの日から、あらゆる物事に対して「湖昼《こひる》を助けるために利用できるかできないか」という観点でしか考えられなくなっている。

「悪い。昨日も言ったが、そういう関係にはなれない」

「ど、どうしてですか？　私が無口で不愛想《ぶあいそう》だからでしょうか……」

「そうじゃない。そもそも俺は」

「――ノア様!!　敵が来ていますっ!!」

がさり!!

プランターの陰から赤髪のメイドが躍り出た。

その傍《かたわ》らにはラフなパーカーを着た石木《いしき》水葉《みずは》の姿もある。お前ら何やってるんだよと問いかけるよりも早く、夜凪《よなぎ》ノアが俺の身体《からだ》に勢いよくタックルをかましてきた。

「危ないっ」

「ぐへ⁉」

そのまま夜凪《よなぎ》ノアと縺《もつ》れ合《あ》うようにして背後に転倒してしまった。

次の瞬間、それまで俺たちが立っていた場所に無数の棘《とげ》のようなモノが降ってきて――

爆発した。

火薬による爆発ではない。それは漆黒のエネルギーの奔流だった。プランターが吹っ飛び、おぞましい黒煙が立ち上がる。生徒たちの生っぽい悲鳴が屋上にこだました。

「い、いったい何が……」

「逸夜《いつや》くん」

夜に咲く花のような香りが鼻腔《びこう》をくすぐった。

俺を押し倒す形で夜凪《よなぎ》ノアが抱きついてきていた。至近距離で潤んだ瞳に見つめられ、その柔らかな体重を感じているうちに思考がフリーズしかけたところ、

「足を挫《くじ》きました。立てません」

「だ、大丈夫か？　くそ、俺が動けていれば――」

「はっはっはっは！　お前が夜凪楼《よなぎろう》の夜凪《よなぎ》ノアだな？　やっと見つけたぞ！」

野太い大音声《だいおんじょう》が頭上から降ってくる。

驚いて見上げると、悲鳴をあげて戸惑う生徒たちの向こう、ペントハウスの上に奇妙な男が立っていた。身体《からだ》のラインが浮かび上がる全身タイツを身にまとい、バケモノのような仮面で顔を隠している。右手に装備しているのは、ギザギザの刃がおぞましいノコギリだ。

まるでヒーローショーに出てくる怪人のような。

それは明らかにナイトログだった。

男は屋上に飛び降りると、酔っ払いのような千鳥足で近づいてくる。

「六花戦争《ろっかせんそう》が始まってだいぶ経《た》っていうのによォ、オレぁまだ一人も殺せてないんだよ。どいつもこいつも怖気《おじけ》づいちまったのか、誰もオレの前に出てこねえんだ。人間狩るのにも飽き

てきたし、そろそろ本格的にナイトログ狩りをしようと思ってた時によォ――」

「ご、獄呂苑《ごくろえん》……！」

「そう！　オレは獄呂苑《ごくろえん》の獄呂《ごくろ》ギロだ！　てめぇは夜凪楼《よなぎろう》の小娘だよなァ？　骸川帳《むくろがわちょう》の野郎に居場所を教えてもらったが、本当にこんなところにいやがるとは！　これは狩るしかねぇよなァ⁉　てめェの下腹部を掻《か》っ捌《さば》いて内臓を引きずり出して酒のツマミにしてやるよ、この夜《や》煌刀《こうとう》でなァ――あっはっはっはっは‼」

なんだこのチンピラは。

あまりにも野蛮すぎて言葉が出なかった。

「ノア様！　その夜《や》煌刀《こうとう》を起動させてください！　私たちが生徒を逃がしますから！　さあ、夜《や》煌錬成《こうれんせい》しますよ水葉《みずは》！」

「いや、逃げたほうがいいんじゃね……？」

「つべこべ言わない！」

カルネは自分の髪の毛をぶちぶちと二、三本引き抜くと、ポケットからライターを取り出してじりじりと焙《あぶ》り、それをすべて燃やしてしまった。煙が尾を引くのを見つめながら、逃げようとする石木《いしき》の手を握った瞬間――

石木《いしき》の身体《からだ》が真っ黒の宵闇に変化していった。

カルネはその中心部に腕を突っ込むと、素早く何かを引っ張り上げた。

彼女の手に握られていたのは、レイピアのような夜煌刀《やこうとう》だった。

あれが石木水葉《いしきみずは》の刀剣形態に他ならない。

「呪法《じゅほう》・【気息焔々《きそくえんえん》】——生徒の皆さん！　この隙に逃げてくださいねっ」

カルネがレイピアを振るった瞬間、彼女の足元から灼熱《しゃくねつ》の火炎がほとばしった。

うねる火炎は竜の形をとって驀進《ばくしん》し、獄呂《ごくろ》ギロと生徒たちを分断してしまった。

すさまじい熱波が屋上を舐《な》め、それまで呆《ほう》けていた生徒たちが蜘蛛《くも》の子を散らすように逃げていく。

「な、何だよあれ」

「カルネの接続礼式《せつぞくれいしき》は自分の身体《からだ》の一部を燃やすこと。そして水葉《みずは》の銘は〈水火《すいか》〉といって、その呪法《じゅほう》は【気息焔々《きそくえんえん》】。火炎を発生させて操る異能です」

「火事になるだろ！」

「大丈夫です。あの炎はカルネの意思で消去できますから——」

「オイオイオイオイ！　観客逃がすのは違うだろォ⁉　ショーには必要不可欠だろうが‼」

獄呂《ごくろ》ギロがカルネに突進していった。

炎が効いた様子はまったくない。やつがノコギリを振るった瞬間、刃の一部が高速で射出された。カルネはレイピアで撃ち落とそうとしたが、その直前で再び爆発が巻き起こる。

「きゃあっ」

もわりと黒い煙が広がった。

やつの夜煌刀《やこうとう》は小型の爆弾を射出する能力を持っているらしい。衝撃によって吹き飛ばされたメイドは、屋上の床をごろごろとサッカーボールのように転がっていった。

「お、おい！　カルネ！　カルネが……」

「カルネの攻撃は一切通用しません！　参加者以外は戦闘に参加できないように常夜神《とこよがみ》が制約を課しているんです！　だから逸夜《いつや》くん——夜煌刀《やこうとう》になってくださいっ」

「そんなこと言われても」

「じっとしててください。接続礼式《せつぞくれいしき》を行います」

夜凪《よなぎ》ノアがごくりと喉を鳴らした。

背中に腕が回される。まるで大切な宝物を抱きしめるかのように。

やがてその唇がゆっくりと近づいてきて、首筋にちくりと淡い痛みが走った。

あふれた血をぺろぺろと舐《な》めとっていく舌の感触。

「美味《おい》しい」

夜凪《よなぎ》ノアが吐息とともに呟《つぶや》いた直後。

俺の身体《からだ》の輪郭がぶれ、黒々とした闇に変化していく。夜凪《よなぎ》ノアは俺の心臓目がけて腕を突っ込むと、柄を握りしめ、そのまま力いっぱい引き抜いた。

□

肉体の残滓《ざんし》たる宵闇を振り払い、手に収まった刀を正面にかざしました。

それは古《こ》刀逸夜《とういつや》という人間が変換された姿――〈夜霧〉です。

呪法《じゅほう》・【不《ふ》死《し》輪廻《りんね》】が自動的に発動したおかげで、挫《くじ》いた足も一瞬で治ってしまいました。

ああ、やっぱり私には逸夜《いつや》くんが必要です。

この人が一緒にいてくれれば、お父様に認められることだって夢じゃない。

「ん……」

口内に残った血を舌でねぶってみました。

おいしい。すっごくおいしい。プリンと同じくらいおいしい……。

《おい！　変な顔して突っ立ってる場合か！》

「へ、変な顔はしてませんっ」

煩悩《ぼんのう》を振り払い、力を込めて逸夜《いつや》くんを握りしめました。

ちょっと余韻に浸っていただけなのに、失礼すぎます。

「あァ……――？　夜《よ》凪楼《なぎろう》？　てめェ、その刀は何だ……？」

獄呂《ごくろ》ギロがこちらに気づきました。

辺りには黒煙が立ち込め、夜のようにひっそりとした空気が漂っています。カルネは壁に叩《たた》きつけられて気絶しており、人間形態に戻った水葉《みずは》が大慌てで彼女を介抱していました。

「……銘は〈夜霧〉。私の愛刀です」

「ハッタリか？　夜凪楼《よなぎろう》の小娘は夜煌刀《やこうとう》も使えない落ちこぼれだって聞いたが？」

「私は落ちこぼれなんかじゃありません。逸夜《いつや》くんがいます」

床を蹴って加速。

獄呂《ごくろ》ギロは面白そうに笑ってノコギリを振るいました。

勢いよく射出された棘《とげ》が襲いかかってきます。

それらは私に突き刺さる前にすべて爆発、黒煙が辺りに充満。目眩《めくら》ましをもろに食らった私はその場で二の足を踏み、刀を振り下ろすこともできずに立ち往生してしまいました。

《夜凪《よなぎ》ノア！　後ろから来てる！》

「ッ――」

振り向きざまに逸夜《いつや》くんを振るいます。

腕が痺《しび》れるような感覚とともに金属音が響きました。

闇の中からぬらりと獄呂《ごくろ》ギロが出現。

私と鍔迫《つばぜ》り合《あ》いを演じながら不気味な哄笑《こうしょう》を轟《とどろ》かせます。

「おお、おおお！　本当に夜煌刀《やこうとう》だ！　レアモノのにおいがするぜ……いいないいいな、最近ハズレばっかで飽きてたところだ！　てめェを殺してそいつを奪ってやるッ！」

「逸夜《いつや》くんは……渡しませんっ！」

ぶおんっ、と力を込めて夜煌刀《やこうとう》を振るいます。

獄呂《ごくろ》ギロが「なっ」と戸惑いの声を漏らしました。

驚くべきことに、彼の身体《からだ》が三メートルほど後方まで弾《はじ》き飛《と》ばされてしまったのです。

さらに刀の風圧だけで黒煙が一気に晴れていきました。

降り注ぐ陽光を浴びながら、私は感嘆の溜息《ためいき》を吐いてしまいます。

やっぱり逸夜《いつや》くんは、他のどの夜煌刀《やこうとう》よりも優れている。

「……その刀は何だ？　普通じゃやねえな？」

「私の愛刀ですよ」

「はっ、じゃあオレのモノにしてやるぜ！」

獄呂《ごくろ》ギロが夜煌刀《やこうとう》から棘《とげ》を飛ばしまくってきました。黒い爆風をアクション映画のように掻《か》い潜《くぐ》って跳躍し、屋上の縁のフェンスを踏み台にして方向転換。

「はあああ！」

綿のように身体《からだ》が軽い。

【不死輪廻《ふしりんね》】には使い手の身体能力を極限まで高める効果もあるようです。

このまま刀を振るうだけで、私は優勝に一歩近づくことができる。

まさか飛ぶとは思っていなかったのか、獄呂《ごくろ》ギロの顔に一瞬だけ困惑の色が浮かびました。

しかしすぐにノコギリを構えてニヤリと笑います。

《何やってんだ！　空中じゃ身動きが取れないだろ！》

逸夜《いつや》くんが警告をした瞬間。

獄呂《ごくろ》ギロの放った棘《とげ》が私の左腕を抉《えぐ》っていました。

何かがすっぱりと切断される感覚。

「う――」

「あっはっはっは！　調子に乗るから痛い目を見るんだぜ⁉」

私の左腕が千切れて宙に浮いていました。

血飛沫《ちしぶき》が舞い、視界が一瞬だけ焼けるように赤くなります。

逸夜《いつや》くんの絶叫にも似た声が響いていました。

確かに私は調子に乗っているのでしょう。

しかし――

左腕の切断面にモヤモヤとした闇が凝縮していくのが分かりました。

闇はやがて空中を旋回する左腕へと伸びていき、そのまま不思議な力で引き寄せて――まるで傷など最初からなかったかのようにピタリと接着させてしまいました。

あっという間に元通り。

これが逸夜《いつや》くんの呪法《じゆほう》なのです。

「マジかよ。っざけんな――」

「終わりです」

動揺する獄呂《ごくろ》ギロに向かって夜煌刀《やこうとう》を振り下ろしました。

寸前でノコギリによって軌道を逸《そ》らされ、その切っ先は相手の脇腹を抉《えぐ》るにとどまります。タイツが破れ、その素肌があらわになった瞬間、何故《なぜ》か獄呂《ごくろ》ギロがびくりと震えました。

「がっ……オレの接続礼式《せつぞくれいしき》が……！」

「接続礼式《せつぞくれいしき》？　まさかそのタイツが……？」

「退却だ！　てめェは後でぶっ殺してやる！」

「あ、こら！」

獄呂《ごくろ》ギロは鮮血が飛び散るのもお構いなしに跳躍すると、脱兎《だつと》のように私から逃げていきました。そのままフェンスをノコギリでぶち破り、屋上から真っ逆さまにダイブ。

「追います」

《おい⁉　まさか飛び降りる気か⁉》

その通りです。私は逸夜《いつや》くんを握ったまま屋上から飛び降りました。

先に落下している獄呂《ごくろ》ギロが「信じられない」といった様子で目を丸くします。

風を切る音が耳朶《じだ》を打ち、私は夜煌刀《やこうとう》を構えたまま急降下。

獄呂《ごくろ》ギロはノコギリを振り回して棘《とげ》を発射してきました。
空中で無数の爆発が巻き起こり、教室の窓がぱりんぱりんと割れていきます。
《校舎にも被害が出てる！　どうするんだよ！》
「止まれませんっ……！　あいつを仕留めるまでは……！」
人々の悲鳴、歓声、スマホで撮影する音。
夜のにおいをまとった黒煙が充満し、視界がたちまち暗くなっていく。
私は隕石《いんせき》のような速度でその暗幕を突き抜けていきました。
「こっちに来るなあああああああ!!」
獄呂《ごくろ》ギロが絶叫してノコギリを振り回すと同時に――
ノコギリが宵闇に包まれ、突如として眼鏡のおじさんが姿を現しました。
あれがノコギリの人間形態です。接続礼式《せつぞくれいしき》が切れたのでしょう。
「おりゃあああ！」
柄を両手で握り、万感の思いとともに一閃《いっせん》。
その瞬間、一本だけ残っていた棘《とげ》が爆発を巻き起こしました。
視界が暗転し、獄呂《ごくろ》ギロの姿が闇の奥底へ消えていきます。
直後、私たちは流星のごとく地面に墜落。
すさまじい衝撃、そして砂煙が拡散していきます。

【不死輪廻《ふしりんね》】で強化されている私には痛《いた》くも痒《かゆ》くもありません。

でも「何かを斬った」という手応えは……――

《どうなった⁉ 倒したのか……⁉》

黒煙と砂煙がモクモクと晴れていきます。

そこに現れたのは――逸夜《いつや》くんの一撃によって切れ込みの入ったグラウンド。点々と砂を潤している血の痕跡。

獄呂《ごくろ》ギロの姿はどこにもありませんでした。

「……逃げられたようです。近くに反応がありません」

《そうか……あいつが犯人だったかもしれないのに……》

逸夜《いつや》くんが悔しそうにつぶやきました。

でも私は清々《すがすが》しい気分です。

逸夜《いつや》くんの力は私が思った以上に強力で、持っているだけで無敵の超人になったような全能感に包まれるのです。この夜煌刀《やこうとう》さえあれば、六花戦争《ろっかせんそう》で優勝するのも難しくはない。

《その人はどうしたんだ？》

「え？ あ」

私は小脇に抱えたおじさん（失神中）に目を落としました。

獄呂《ごくろ》ギロが振り回していたノコギリの正体です。

「あのまま墜落死されても寝覚めが悪いので、落下中にキャッチしておきました」

《器用なことをするな……》

逸夜《いつや》くんの呪法《じゅほう》で身体能力が強化されていますから。

とにかく、このおじさんに話を聞けば獄呂《ごくろ》ギロの居場所が分かるかもしれません。

「こらぁ！　そこのお前！　何やってるんだーっ！」

「！」

校舎のほうから大勢の教師たちが駆けてくるのが見えました。先陣を切るのは体育を担当している大江田先生。弱小バスケ部を全国大会に導いた豪傑です。

「い、逸夜《いつや》くん。どうしましょう」

《どうしようもない。大人しく捕まっておけ》

「どうなると思います？」

《そりゃ叱られるだろ。あと銃刀法違反で警察に突き出されるかも》

「…………」

なすすべはありませんでした。

結局、私は教師たちの手で取り押さえられてしまいました。

□

夕暮れの図書室。俺は夜凪《よなぎ》ノアを待ちながら思考する。

俺の妹——古刀《ことう》湖昼《こひる》は、一カ月ちょっと前、四月二十八日に消息を絶った。警察も捜査は続けているらしいが、成果らしい成果はちっとも出ていない。ポストに届けられた手紙にも真面目に向き合ってくれなかった。

言うまでもないが、被害者は湖昼《こひる》だけじゃないのだ。

ちょっと電柱を見れば、「捜しています」の貼り紙。

この街はおかしい。少しずつ夜の闇に侵略されつつある。

獄呂《ごくろ》ギロの件で思い知ったが、やはり一人で挑むには限界がありそうだ——

「逸夜《いつや》くん」

「わっ」

背中をつつかれて変な声が出た。疲れ果てたような顔の夜凪《よなぎ》ノアが立っていた。

「お、お疲れ。どうだった？」

「根掘り葉掘り聞かれました。最悪です」

夜凪《よなぎ》ノアは生徒指導室で事情聴取を受けていたのである。

その結果——「学校の屋上に不審者が現れたので、夜凪《よなぎ》ノアが生徒を守るために大立ち回りを繰り広げた」。警察や学校はそういう筋書きで納得したらしい。

ちなみに俺は武器として回収されたが、隙を見てここまで逃げてきた。

「六花《ろっか》戦争《せんそう》のことは秘匿しなくちゃいけないルールなので、言葉選びが大変でした。色々な人に心配されて、劉《りゅう》さんにも連絡されちゃいましたし……」

「劉《りゅう》さん？」

「ドラゴン亭の店主です。昼ノ郷《デイトピア》における私の保護者」

夜凪《よなぎ》ノアは不貞腐《ふてくさ》れていた。

こんな表情は教室じゃ絶対に見られない。

「お小言がありそうです。もう学校に行くなって言われるかも」

「だいたい、お前はどうして高校生なんかやってるんだ？　カモフラージュか？」

「それもありますが、昼ノ郷《デイトピア》の学校にちょっとした憧れがあって。お父様や劉《りゅう》さんに無理を言って入学させてもらいました」

「青春モノの漫画でも読んだのか」

「いえ。死んだお母様が昼ノ郷《デイトピア》を気に入っていたらしくて、何年もこちらで暮らしていたそうなんです。実際にこの学校にも通っていたと聞きました。あの人が好いた場所がどんなところなのか、私も感じてみたかったのです」

反応に困った。ひとまず母親について触れるのはやめておこう。

「憧れてるなら、もっとクラスに馴染《なじ》む努力をしたらいいのに」

「その通りなのですが……人間とどう接したらいいのか分かりません」

「俺と話すみたいにしろよ。如月《きさらぎ》とか喜ぶと思うぞ」

「恥ずかしいです」

夜凪《よなぎ》ノアは頬を染め、しかし真顔で言った。

「でも逸夜《いつや》くんは特別です。私の夜煌刀《やこうとう》だから……」

「人扱いしてないってことか」

「はい」

極めて色気のない理由だった。やはりナイトログという生き物の感性は予測不能だ。

しかしまあ、俺と話すのに抵抗がないのならば好都合だった。

「なあ。屋上での話の続きをしてもいいか？」

「続き……？　あっ、逸夜《いつや》くんが私のパートナーになってくれるっていう話ですか？」

「パートナーでもアベックでも何でもいいが、お前と協力するのは必要だと感じた。夜ノ郷《ナイトピア》だのナイトログだの六花戦争《ろっかせんそう》だの、一般人の俺には理解できないことばっかりだからな」

案内役はどうしても必要だと悟った。

たとえそれが吸血鬼のクラスメートであっても。

「優柔不断で悪いが、お前の力になりたい。だからお前も一緒に湖昼《こひる》を捜してくれ」

「……！」

夜凪《よなぎ》ノアの目が見開かれていった。

「……妹さんが大事なのですね」

「俺にとってはたった一人の家族だ」

「たった一人？」

少し迷ったが、隠してもしょうがないので打ち明けることにした。

「俺の親は何年も前に亡《な》くなってるんだよ。だから家族は俺と湖昼《こひる》の二人だけなんだ。あいつがいなくなったら、俺は本当に一人になってしまう」

「では取り戻さなければなりませんね。私みたいになる前に……」

「？　どういう意味だ」

「私はすでに一人になってしまいましたから」

父親がいるだろ、と指摘を入れるのは憚《はばか》られた。そういう意味深なセリフを吐くということは、こいつも抜き差しならない面倒な事情を抱えているのだ。

この場で説明するつもりはないのか、夜凪《よなぎ》ノアは俺をまっすぐ見上げて締めくくった。

「とにかく。逸夜《いつや》くん、これからよろしくお願いしますね」

図書室の窓から風が吹き込んできた。

白い髪が夕日を受けて輝き、この世のものとは思えぬ妖精の姿を現出させる。

夜凪《よなぎ》ノアは、そのか細い小指をそっと差し出してきた。

「約束してください。私と一緒に戦うことを」

「ああ」

小指と小指を絡《から》ませる。指切りげんまん。ナイトログにもこんな風習があるんだな——と奇妙な感慨を抱きつつ、俺は目の前にたたずむ妖精の姿をじっと見つめた。

近くだといっそう際立《きわだ》つが、ちょっと人間離れした美貌だ。

そのくせ内面は死ぬほど人間的で、少しのことですぐにうろたえる。

この純粋な少女とならば、手を組むのも満更でもない。

「これで契約成立ですね」

「よろしくな」

「はい。こちらこそ」

今まで見たことがないくらい嬉《うれ》しそうな表情を浮かべていた。

まるで運命の恋人を見つけたかのような——それは輝かしい笑顔だった。

やがて夜凪《よなぎ》ノアは、もじもじしながら言葉を紡《つむ》いだ。

「……あの。私は逸夜《いつや》くんといずれ家族に……家族のような関係になれればいいなと思っております」

ちょっと思考が止まった。

「ナイトログと夜煌刀《やこうとう》は一心同体です。特に『これ』と決めた一振りを愛用し続ける場合、そのつながりはいっそう強くなると言われています。伴侶そのものです。どんな時でもお互いを助け合える理想の絆《きずな》、それは血のつながりなんかよりもはるかに強固です。私はそういう関係に憧れているのです。だから……」

何を言い出すのかと思えば。

俺と夜凪《よなぎ》ノアが家族のように絆《きずな》を深める――？

それはちょっと考えられない。

俺の家族は古刀湖昼《ことうこひる》だけ。それは絶対に揺るがない真理でもある。あえて冷酷な言い方をするならば、夜凪《よなぎ》ノアという少女は湖昼《こひる》を見つけるための道具にすぎず、こいつ自身に対しては何の愛着も湧いていない。はず。なのだが。彼女の目を真正面から見つめていると――

ぎゅっ。何故《なぜ》か夜凪《よなぎ》ノアが俺の手を包み込むようにして握った。

少しだけ心臓が跳ねるのを感じた。

「な、何だ？　手相でも見てくれるのか？」

「もう離しません。他の人にとられるのはイヤです。逸夜《いつや》くんは私のモノです」

「モノ扱いかよ……」

「ヒトとしても私のモノです」

羞恥に揺れる瞳の奥には真剣なものが宿っていた。

この少女は俺と同じような境遇に立たされているのかもしれない。頼るべきものがなく、宵闇の中を手探りで彷徨《さまよ》っている迷子。根拠はないが、何故《なぜ》だかそんな気がしてしまった。

「……分かった。とりあえず頑張ろうな」

「はい。それと、フルネームで呼び捨てするのはやめてください。私はあなたのことを『逸夜《いつや》くん』と呼んであげているのですから――」

一瞬の間。夜凪《よなぎ》ノアは頬に紅葉を散らして言った。

「私のことは、『ノアちゃん』と呼んでください」

それはさすがに恥ずかしかった。

今日からこいつのことを、「ノア」と呼び捨てすることにした。

かくして刀とナイトログの新しいバディが誕生する。

□

夜ノ郷《ナイトピア》を統《す》べる常夜神《とこよがみ》。

世界を包み込む宵闇の根源であり、はっきりとした実体を持たず、ナイトログですら知覚できない全知全能の存在――と言われている。

彼、あるいは彼女は、秩序を保つためにルールを作った。

――夜煌錬成《やこうれんせい》ハ日ニ一度マデ之《これ》ヲ許可スル。

人間はナイトログにとって貴重な資源だ。

資源は往々にして有限。見境なしに夜煌錬成《やこうれんせい》を発動させ続ければ、そう遠くないうちに枯渇《こかつ》してしまう。だから常夜神《とこよがみ》はナイトログに対して縛りを設けたのである。

しかし、何事にも例外は存在するのだった。

□

「――ふふ。ふふふ……六花戦争《ろっかせんそう》って最高……♡」

刀。刀。刀――

私の周りには、無数の刀剣が転がっている。

そのすべてが役に立たないナマクラだった。こんなハズレどもに用はない。私に相応《ふさわ》しいのは、強力な呪法《じゅほう》を持つ夜煌刀《やこうとう》だけなのに。

「……にしても排出率おかしくない？　こんなに出ないもんだっけ？」

カラオケのパーティールーム。

六人くらいのグループは、すべて私の夜煌錬成《やこうれんせい》の餌食《えじき》になった。

六花戦争《ろっかせんそう》は最強のナイトログを決める戦いでもある。ゆえに参加者は持てる力のすべてを出し切ることが推奨される。具体的に言えば、紅玉《こうぎょく》を持っている者は、爵位の序列に応じて夜煌《やこう》錬成《れんせい》の制限が緩和されるのだ。

うちは八十一個の貴族家系のうち、序列第二十二位だから、プラス二十回、つまり一日に二十一回も夜煌錬成《やこうれんせい》を発動することができる（二十位台はみんなプラス二十回らしい）。

人間たちに行為がバレるリスクも考慮すると、毎日上限いっぱいまで発動できるわけじゃないが、ナイトログにとって究極のボーナスタイムであることに変わりはなかった。

ふと、かたわらに立てかけてあった夜煌刀《やこうとう》が反応を示した。

《えっと……夜煌刀《やこうとう》が出る確率は二階から目薬をさして成功するくらいだと……》

「あんたに聞いたわけじゃないわよ」

《ご、ごめんなさい……》

それきり萎縮したように黙り込んでしまった。

西洋風の長剣で、人間としての名前は桜庭《さくらば》和花《のどか》。銘は〈翠影《すいえい》〉。私が初めて夜煌錬成《やこうれんせい》を成功させた相手だ。性格はちょっと引っ込み思案だけれど、その性能は折り紙つき。

しかし、和花《のどか》ばかりに構ってはいられなかった。

最強のナイトログになるためには、最強の夜煌刀《やこうとう》を何本も持っている必要があるのだ。六花戦争《ろっかせんそう》が始まって以来、私が刀に変えた人数は三十を超える。

それなのに、ただの一振りも夜煌刀《やこうとう》はできていなかった。

「どうしたものかしら？　六花《ろっか》戦争《せんそう》も永遠に続くわけじゃないし……」

私はソファに座り込むと、テーブルの上のケーキをそのへんのナマクラでぶっ刺し、ぱくりと口に運ぶ。

その時、部屋に備えつけられていた電話がけたたましく鳴った。

もう時間のようだ。どうせなら歌ってから帰ろうと思っていたのに。

「――ねえ、獄呂苑《ごくろえん》。夜凪楼《よなぎろう》がものすごい夜煌刀《やこうとう》を手に入れたっていうのは本当なの？」

私は床に転がっている男性に目を向けた。

ロープでぐるぐる巻きにされて這《は》いつくばっているのは、全身タイツをはぎ取られて半裸になった中年――獄呂《ごくろ》ギロ。

血だらけで路地裏を歩いていたところを捕獲したのである。

もちろん紅玉《こうぎょく》は奪ってあるため、こいつはすでに六花《ろっか》戦争《せんそう》から脱落している。

獄呂《ごくろ》ギロはナイトログに特有の赤い瞳で私を見上げ、

「そ、そうだ！　あいつの夜煌刀《やこうとう》は尋常じゃねえ！　オレの接続《せつぞく》礼式《れいしき》をあっさり破っちまったんだ……！」

「あんたの礼式って『肌の露出を完全に抑えて怪人に変身すること』でしょ？　変身している間だけ夜煌刀《やこうとう》が起動できるのよね。そんなの誰でも楽勝に突破できそうだけど？」

「それだけじゃねえんだよ、あれは！　なんてったって不死の能力なんだ！　腕を斬り飛ばしてやったのに、すぐに再生しやがった！　普通じゃねえよ……！」

なるほど。それが本当なら放っておくことはできない。

強い夜煌刀《やこうとう》は、すべて私のモノになるべきなのだから。

「……ふふ」

私は和花《のどか》を握りしめると、ゆっくり獄呂《ごくろ》ギロに歩み寄る。

夜凪楼《よなぎろう》──夜凪《よなぎ》ノア。噂《うわさ》によれば、首崎館《しるしざきかん》を屠《ほふ》ったのもあの少女だという。

似たような話が二度も続けば、さすがに無視するわけにもいかなくなる。てっきり夜煌錬成《やこうれんせい》も発動できない無能だと思っていたが、私が知らないうちに力をつけていたのか。

「お、おいてめェ……オレに何をする気だ……？　その夜煌刀《やこうとう》は……」

「ああ、この子？　ほら和花《のどか》、挨拶しなさい」

《こ、こんにちは……桜庭和花《さくらばのどか》です……》

「そうじゃねえ！　それでどうするのかって聞いて──」

私は躊躇《ちゅうちょ》なく刀を振り下ろした。

汚い悲鳴がパーティールームにこだました。

電話はいつの間にか止まっている。

廊下のほうから店員が近づいてくる気配がする。

和花《のどか》についた血をソファでごしごし拭いながら、私はひそかに口角を吊《つ》り上《あ》げるのだった。

「夜凪《よなぎ》ノアにはもったいないわ。ＳＳＲの夜煌刀《やこうとう》は、この影坂《かげさか》ミヤにこそ相応《ふさわ》しい」

2　夜凪楼《よなぎろう》VS影坂堂《かげさかどう》

古刀《ことう》家は二人きりだった。

父親は俺が生まれる前からいなかった。

母も五年前、俺が小学生の時に事故で亡《な》くなった。

だから湖昼《こひる》はたった一人の家族だったのだ。

「お兄ちゃんなのだから、妹は大切にしなきゃ駄目だよ」

母は生前、口を酸《す》っぱくしてそう言った。

物心がついた頃からずっと、耳にタコができるほど聞かされてきた言葉だ。

「湖昼《こひる》を守りなさい。自分より妹を第一に。妹は何よりも尊い至宝。いつも心に妹を」

母のちょっと過激な言いつけは、兄をシスコン気味にするには十分だった。

そしてそれは母を喪《うしな》い、家族が二人だけになってからいっそう拍車がかかった（湖昼《こひる》が可愛《かわい》いのだから無理もない、目に入れても痛くはないのだ）。

それなのに、俺は湖昼《こひる》を守ることができなかった。

毎晩夢に見る。

妹が俺のもとに戻ってくるシーンを。

妹が俺に儚《はかな》げな笑顔を向けてくれる光景を。

古刀《ことう》家は一人きりになった。

ああ、湖昼《こひる》。俺はどうしたらいいんだ——

□

「——ん？」

首筋に違和感を覚えて目が覚めた。

ちくりとした痛みを舐《な》めとられていく感覚。まるで子犬が甘えてくるかのような。寝ぼけ眼で確認してみると、何やらぬくぬくした生物が俺にしがみついている。そいつは漂白剤を頭から被《かぶ》ったように真っ白で、そのくせ瞳だけは赤くて——平たく言えば夜凪《よなぎ》ノアだった。

「何やってんだ⁉」

「ふぎゅっ」

反射的に飛び起きた。その拍子に頭突きを食らわせてしまったらしい。夜凪《よなぎ》ノア、いや『ノア』が鼻を押さえて俺を見上げ、

「痛いです」

「わ、悪い……じゃなくて」

ここは俺の部屋、そして俺の布団《ふとん》の上のはずだ。朝日に照らされた純白の妖精は、散らかった男子高校生の部屋には死ぬほどそぐわなかった。幻ではないかとさえ思う。

「何でお前がここにいるんだよ」

「鍵が開いていたのでお邪魔しました」

「通報するぞ」

「だって……」

ノアは俺の枕を抱きしめてもじもじしていた。やめろ。どっか行け。

「……だって、自分のモノは手元に置いておきたいじゃないですか」

「血を吸う必要あるか？　お前のせいで布団《ふとん》に赤い点々がついてるんだけど」

「うっ……下手でごめんなさい」

「そういう問題じゃない！　痛てえよ！」

「おいしそうだから。我慢できなくて」

「朝食がわり……？　無料モーニングか……？」

「たいへん美味でした」

ノアはぽ～っと頬を染めて俺の首筋を見つめていた。やっぱりこいつは常識が通用しないタイプの吸血鬼だ。ちなみに接続礼式《せつぞくれいしき》をしても夜煌錬成《やこうれんせい》を発動するかどうかは任意らしい。

「ノア様！　朝食の準備ができましたよ～！」

台所のほうで誰かがフライパンをカンカン鳴らしている。

ノアはぴょこんと立ち上がると、「はーい！」と子供のように返事をして駆け出した。

「カルネがご飯を作ってくれました。一緒に食べましょう」

「当然のように侵入してるんだな……別にいいけど」

「カルネのご飯は美味《おい》しいですよ。あなたの血やプリンほどじゃないですけど」

「……せっかくだから、お相伴に与《あずか》るか」

俺は関節を解《ほぐ》しながらゆっくりと立ち上がった。

「あ、そうだ」

「はい」

ノアが振り返る。俺は隣の襖《ふすま》を指差して言った。

「そこの部屋は開けてないよな？」

「？　いえ、開けてませんが」

「ならいい。そこは湖昼《こひる》の部屋だからノータッチで頼む。不純物が入ると空気が汚れるんだ」

「…………」

おかしな動物でも見るかのような目で見られた。失礼な。

□

［夜ノ郷《ナイトピア》暦九九七年度　六花戦争《ろっかせんそう》　参加者］

夜凪楼《よなぎろう》・〝夜凪《よなぎ》ノア〟

首崎館《しるしざきかん》・〝首崎《しるしざき》ナガラ〟

苦条峠《くじょうとうげ》・〝苦条《くじょう》ナナ〟

骸川帳《むくろがわちょう》・〝骸川《むくろがわ》ネクロ〟

獄呂苑《ごくろえん》・〝獄呂《ごくろ》ギロ〟

影坂堂《かげさかどう》・〝影坂《かげさか》ミヤ〟


「――先ほど確認してみましたが、紅玉《こうぎょく》の反応が二つ消えてました。すでに二人のナイトログが脱落しているようですね」

ノアは鮭《さけ》の骨に悪戦苦闘しながらそう言った。

普段は物寂しい古刀《こ とう》家の居間には、大勢の人影があった。

ノア、カルネ、俺の隣でノートＰＣをいじっている石木《いしき》水葉《みずは》。

そしてテーブルの上に並んでいるのは、カルネが作った色とりどりの料理だ。白いご飯、焼き魚、トマトと玉ねぎのお味噌汁《みそしる》、卵焼き——見ているだけでお腹《なか》が鳴りそうだった。

「一人は私が仕留めた首崎《しるしざき》ナガラです。もう一人は獄呂《ごくろ》ギロが負傷で棄権したのかも……」

「誰が退場したのか分からないのか？」

「紅玉《こうぎょく》に念じると残り人数を示す光の点が浮かびます。でも個人名までは教えてくれません」

カルネがコップに牛乳を注ぎながら「そういえば」と唸《うな》る。

「獄呂《ごくろ》ギロの夜煌刀《やこうとう》は何も吐きませんでしたよ。廃人同然です。あれでは情報を引き出すこともできませんねえ」

このメイドはノアが救出したおじさんを回収して尋問していたらしい。

湖昼《こひる》の手がかりをつかめるかと思ったが、空振りに終わったようだ。

「そうとうヒドイ使い方をされていたみたいで。夜煌刀《やこうとう》を大事にしないナイトログはナイトログ失格ですよ」

「逸夜《いつや》くんは幸せ者ですね。私のようなナイトログの刀になることができて」

ノアがドヤ顔で俺を見つめてきた。

昨日の一件以来、こいつは俺との距離を急速に詰めようとしてくる。

「そうだな。ノアでよかった」

「ふふ」

嬉《うれ》しさを堪えきれないといった様子で微笑《ほほえ》む。

それを見た石木《いしき》が怪訝《けげん》そうに睨《にら》んできた。

「……古刀逸夜《ことういつや》、本当にそれでいいの？」

「どういう意味だ？」

「ナイトログなんてしょーもないやつらばっかだよ。ノアやカルネはマシなほうだけど、それでも刀にされて振り回されるなんて普通は耐えられない」

「俺は目的を達成するためなら手段を選ばないタイプなんだ」

石木《いしき》は「げえ」と嫌そうな顔をした。

「ストイックすぎない？　同じ立場だから気が合うかと思ったのに」

「あんたも夜煌刀《やこうとう》なんだよな？　何でカルネに従ってるんだ？」

「僕はメリットをとったのさ」

「メリット？」

石木《いしき》は手の甲をこちらに見せてきた。そこには俺と同じような模様——夜煌紋《やこうもん》が刻まれている。ただし、菱形《ひしがた》に加えて二枚の花びらのようなものが見られた。

「模様の形が違うんだな」

「最初は誰でも菱形《ひしがた》だよ。ステージが1上がるごとに一枚ずつ花弁が増えていって、最終段階の6になると六枚の花弁の花になるらしい。つまりこの菱形《ひしがた》は萼《がく》ってわけ」

「ステージって何だ？　ゲームのレベルみたいなものか？」

「そーだね。戦っているうちに経験値みたいなものが溜《た》まっていって、だんだんステージが上がっていくんだ。呪法《じゆほう》の効果とか威力も強化されていく。僕の場合はステージ2だけど、古刀《ことう》はステージ0だね。始めたばっかのニュービーだから」

「それがメリットと何の関係があるんだ？」

「ステージ5とか6になれば、刀剣形態にならなくても呪法《じゆほう》が使えるようになるって言われてるんだ。自由に炎出せるってカッコよくない？」

石木《いしき》はニヤリと笑ってそう言った。

放火魔にでもなるつもりなのだろうか。

「夜煌刀《やこうとう》はこれを目当てにナイトログと手を組んでいるのさ。当然、そんなことには興味ないってやつも多いけどね。古刀《ことう》もそのクチでしょ？　ノアが最初にこのメリットを説明しなかったのは、あんたが妹さんのことでしか動かないって知ってたからだよ」

「確かに不死になりたいとは思わないな……」

「すみません。説明するのを忘れていただけです……」

ノアが申し訳なさそうに言った。石木《いしき》が「マジ？」と渋い顔をする。

「そーゆーすれ違いから不和は生じるんだよね。思い返せば、僕だってロクな説明もなしに夜《や》煌刀《こうとう》にされたんだ。まあなっちゃったもんは仕方ないから、最大の幸福を享受できる生き方を模索してるんだけど」

「あれ〜⁉　水葉《みずは》は私と一緒にいるのがイヤなのですか〜⁉　そんなこと言う子はぎゅっと抱きしめちゃいますよっ！」

「うわあ、やめろ！　パソコンに味噌汁《みそしる》がこぼれたらどーするんだ！」

カルネと石木《いしき》がじゃれ合いを始めた。

二人のいちゃいちゃを目撃したノアが物欲しそうに俺を見つめてくるが、気づかないフリをして卵焼きを口に運ぶ。予想外に美味《おい》しかったので、思わず声を出してしまった。

「うまい。ちょうどいいしょっぱさだ……」

「わあっ！」

石木《いしき》をくすぐっていたカルネが向日葵《ひまわり》のような笑みを浮かべた。

「嬉《うれ》しいですっ！　やっぱり言葉にしていただけると作った甲斐《かい》がありますねっ。それに比べてノア様や水葉《みずは》はダメダメです、食べても全然感想言ってくれないんですよ？　もう古刀《ことう》さんのメイドになっちゃおっかな」

「やめてください。逸夜《いつや》くんは私のモノです」

ノアが俺の服の裾をつかんできた。相変わらずモノ扱いらしい。

「冗談ですよ、そんなことをしたら当主様に怒られてしまいますからね」

「どうしてお父様が出てくるのですか？」

「実は今朝、夜凪楼《よなぎろう》からお手紙が届いていたのです」

カルネはテーブルの上にあったクリアファイルから封筒を取り出すと、そのままノアに手渡した。すでに封蠟《ふうろう》が破られていたが（カルネが検閲したのだろう）、ノアは気にせず手紙を取り出して読み始める。

「お、お父様が、私のことを……、褒めてくださっていますっ……」

ノアが小刻みに身体《からだ》を震わせた。まるで宇宙人に遭遇したかのような顔で手紙を握りしめ、何度も何度も両目を左右に往復させている。

「そんなに驚くようなことなのか？」

「だって。今まで一度も褒められたことなかったのに――見てください！　よくやった、この調子で頑張れ、って書かれてるんですよ!?」

「首崎館《しるしざきかん》を倒したからでしょうね！　ノア様、期待に応えられるよう頑張りましょう！」

「はい、頑張りますっ」

ノアの喜びようは普通ではなかった。

これだけで普段父親からどんな扱いを受けているのかが想像できる。

「……ノアは父親と上手《うま》くいってないんだよ」

石木《いしき》がこっそり教えてくれた。

「嫡流じゃないからさ、昔から色々とヒドイ目に遭わされてきたんだ。それでもノアは父親に認めてもらえるように頑張ってきたんだけど、向こうの反応は全然。夜煌錬成《やこうれんせい》もできないナイトログは娘として認めない、って感じで」

「重いな」

「で、いざノアが夜煌刀《やこうとう》作って活躍し始めたらこれだよ。現金っていうか、性根が腐ってるんだよね。しかもノアは自分がイジメられるのは自分に才能がないせいだって思い込んでるからタチが悪い。あーやだやだ」

勝手なイメージだが、ナイトログというものは、妖怪とか幽霊みたいにつかみどころのない存在かと思っていた。しかし話を聞いている限りだと、人間と同じように社会生活を営み、それぞれが等身大の悩みに苦しんでいるような印象を受ける。

そしてノアは、俺と同じように家族の問題を抱えているらしい。

夜凪楼《よなぎろう》、ひいては夜ノ郷《ナイトピア》がどんな場所なのか気になってきた。

「逸夜《いつや》くん、この調子で他の参加者を蹴散らしましょう」

「ああ。早く湖昼《こひる》を見つけないと」

「きっと見つかります、私たちが力を合わせれば」

学校での印象とは似ても似つかない笑みを浮かべるノア。

カルネがにやにやと俺たちを眺めていることに気づき、思わず目を逸《そ》らしてしまった。

「？　どうしましたか？」

「何でもない。カルネの料理は美味《おい》しいなと思っただけだ」

「む……」

ノアは何故《なぜ》か黙り込んだ。

とにかく、湖昼《こひる》を見つけるためにはこの少女と協力するしかない。

今のところは、それしか手がかりがないのだから。

□

まがりなりにも戦争中であるはずなのに、俺たちは呑気《のんき》に登校していた。

学校に用はないのだが、ノアが「行きたい」と言うのだからついていくしかない。

父親からお褒めの言葉をいただいたノアのテンションは爆上がりしていた。

常にニコニコだし、路上で普通に腕を組んでこようとするし、俺がちょっと話を振ろうものなら尻尾を振るような勢いで食いついてくる。

これはあれだろうか。

圧倒的なまでの、彼女ヅラ。

「言い忘れてましたが、今日から逸夜《いつや》くんにはドラゴン亭で寝泊まりしてもらいます」

朝の昇降口。眠そうな顔の生徒たちがぞろぞろと自分の教室へ歩いていくのを尻目に、ノアはうきうき気分で宣言した。

「そこまでする必要あるか？」

「一人の時に襲撃されたら大変ですから」

「それはまあ、一理あるけども」

「学校でもなるべく一緒にいるように。基本的にナイトログは衆目の面前で仕掛けてくることはしませんが、注意を怠ると痛い目を見ます」

「昨日の怪人は堂々と襲ってこなかったっけ……？」

「そういう例外もいるから一緒にいる必要があるのです」

そういう例外もいるなら学校に行くべきではないと思うのだが、ノアはどこまでも頑《かたく》なである。彼女曰《いわ》く「死別した母親ゆかりの地だから堪能《たんのう》しておきたい」らしいが、それ以外にも何か理由がありそうだった。

「――逸夜《いつや》くん、聞いてますか？」

「聞いてるよ。一緒にいればいいんだろ」

「よろしいです。あなたは私の愛刀ですから――」

「あー!!　ノアちゃん!?」

「！」

ノアがびくりと跳ねた。入り口のほうから如月光莉《きさらぎひかり》が歩いてくるのが見える。

大きな瞳を真ん丸にして俺たちを見つめ、

「それに古刀《こと》も⁉　昨日は大丈夫だった⁉」

「大丈夫だ、なんとか逃げたから」

「あたしもすぐ逃げたんだけどさ。まさか不審者が入ってくるなんて思わなかったよ。世も末だよねー」

獄呂《ごくろ》ギロの事件は不審者騒動として解釈されているようだ。カルネが放った炎に関しても、やつが爆発物か何かを持ち込んで大暴れした、ということになっている。

「それにしてもノアちゃん！　刀持って不審者退治なんてすごいよねっ！」

「い…………」

如月《きさらぎ》に顔をのぞきこまれた瞬間、ノアの身体《からだ》が漬物石のように硬直した。

ノアが俺を振り回した件については、『不審者からみんなを守るために勇気をもって立ち上がった』というふうに受け止められているらしい。

ただ、本人からしてみれば迷惑な話なのだろう。それまでくるくると移ろっていた表情が無に固定され、ミステリアスな妖精へと逆戻りしてしまった。

「ねえねえ、あの刀ってどこから持ってきたの？　まさか本物？　ノアちゃんって剣道とか習ってたり？　あとさー、屋上からダイブしてそのまま華麗に着地したってマジ？」

「…………逸夜《いつや》くん。じゃあまた」

「あ、ちょっと」

あろうことか如月《きさらぎ》を完全無視すると、ノアは子猫のように走っていってしまう。

あれだけ「一緒にいてください」と言っていたくせに、俺を放置しやがった。

その後ろ姿を見送った如月《きさらぎ》が、ジトリと睨《にら》みつけてくる。

「……『逸夜《いつや》くん』？　ねえ古刀《ことう》、昨日の告白、ＯＫしたの？」

「はあ……!?」

「不審者騒ぎで有耶無耶《うやむや》になっちゃったけど、あれってノアちゃんがコクるために呼び出したんだよね？　一緒に登校するなんてＯＫしたとしか思えないじゃん」

ノアと歩いているところを見られていたらしい。

「……そもそも、告白されてねーよ」

「ええ？　嘘《うそ》だあ。あなたは私の愛刀です、だよ？　いかがわしくね？」

「それは……ゲームの話だ」

「げーむ??」

「ハマってるオンラインゲームがあってさ、俺は剣を使うキャラで。あれは協力プレイをしようって意味だったんだ」

「ふ〜ん……――」

我ながら底の浅い誤魔化しだと思う。案の定、如月《きさらぎ》は疑うようにジロジロ観察してきた。しかし細かいことは気にしない性格なのか、すぐにニッコリ笑い、

「面白そうじゃん！　あたしもまぜてよ、そのゲーム」

バケモノに襲われるけど、いいのか？

俺はその言葉を寸前で呑《の》み込んだ。

「あー、そういやさ。転校生が来るのって今日からだよね？」

「転校生？　こんな時期に？」

「あれ、忘れたの？　先週クラスのグループラインで話してたじゃん」

俺はそのグループの存在を初めて知った。

「ノアちゃんとおんなじで帰国子女なんだって！　しかもフランスだよフランス。スウェーデンのお隣さんだよ！　ノアちゃんと仲良くなってくれれば嬉《うれ》しいなあ」

「そうだな……」

フランスとスウェーデンってお隣さんだったっけ？

いずれにせよ、虫の知らせのようなものがチリチリと後頭部を焼く。

□

「フランスから転校してきました、影坂《かげさか》ミヤです。久しぶりの日本なので慣れないことが多いですが、仲良くしていただけると嬉《うれ》しいです」

転校生は本当に来た。

教壇でぺこりと一礼をしたのは、日本人らしからぬ金糸の髪が特徴的な美少女だった。

黒板に書かれた『影坂《かげさか》ミヤ』の文字は硬筆のお手本かと思うほどキレイで、しばらくフランスにいたのが嘘《うそ》のようである。

身長はそれほど高いわけじゃなく、たぶんノアと同じくらい。

しかし彼女の雰囲気はノアと正反対だった。上品で、それでいて天真爛漫《てんしんらんまん》な空気を感じさせるその笑みは、クラスメートの心を射貫くのに十分だったに違いない。

だが――『影坂《かげさか》ミヤ』。

今朝教えてもらった六花《ろっか》戦争《せんそう》参加者のリストに、そんな名前があったような気がする。

第一、やつの瞳はノアやカルネと同じように紅色なのだ。意見を求めるつもりで窓際《まどぎわ》の席に目をやった瞬間、ガタンと椅子を引っくり返すような勢いでノアが立ち上がった。

「か、影坂堂《かげさかどう》……！」

教室のあらゆる視線が集まった。

普段は石像のように寡黙な少女が大声を出したのだから無理もない。

「夜《よ》凪《なぎ》さん？　どうかしたか？」

担任教師に問われ、ノアはしどろもどろになる。

「あ、いえ、えっと」

その変な空気を破ったのは転校生だった。

「夜凪《よなぎ》ノアさんじゃない、久しぶりっ！」

にこにこと微笑《ほほえ》みながらノアのほうへと近寄っていく。

ノアは警戒心をあらわにして硬直していた。隣の誠《まこと》が「知り合いなのかな？」と話しかけてくる。俺はそれを無視して立ち上がると、慌ててノアの側へと駆け寄った。

「待て。ノア……夜凪《よなぎ》さんに何か用か？」

「あら？　あなたは——」

やはりこの少女は人間ではない。夜をすみかとするナイトログだ。

影坂《かげさか》ミヤの口元が、わずかな弧を描いた。

「あなたこそ何かご用かしら？　私は夜凪《よなぎ》ノアさんとお話がしたいんだけれど？」

クラスメートに聞こえないように声をひそめ、

「……お前はナイトログだろ。こんなところでやり合うつもりか」

「ないとろぐ？　ごめんなさい、アメリカ語は苦手だからよく分からないわ」

影坂《かげさか》ミヤはすっとぼけたように首を傾《かし》げていた。

教室にざわめきが広がり、見かねた担任教師が「おいおいおい」と割って入ってくる。

「どうしたんだ三人とも。もう友達になったのか？」

「いえ、元からです」

影坂《かげさか》ミヤは嘘《うそ》っぱちの笑みを浮かべて振り返る。

「私と夜凪《よなぎ》ノアさんはヨーロッパにいた頃からの親友。こうして再会できるとは思いませんでしたが、神様が私たちを導いてくださったのでしょう——夜凪《よなぎ》ノアさん！　昔は色々あったけれど、今日からはクラスメートよ。仲良くしてくれると嬉《うれ》しいわっ」

「そ、そんなの罠《わな》に決まって……」

影坂《かげさか》ミヤはぐっとノアに近づいた。

その耳元で、俺にも辛《かろ》うじて聞こえる程度の声量で囁《ささや》く。

「——後でお話ししましょう？　そこの夜煌刀《やこうとう》も交えてね」

「……——」

この場で仕掛けてくるつもりはないらしい。首崎《しるしざき》ナガラや獄呂《ごくろ》ギロのような暴力的な手段ではなく、何らかの策を用意してノアに接触してきたのだ。

「ほら、積もる話もあるだろうがホームルームを続けるぞ。影坂《かげさか》の席は古刀《ことう》の後ろだ」

「はーい！　クラスメートの皆さん、よろしくねっ」

何も知らない生徒たちはパチパチと無邪気に拍手を送っていた。

笑顔で手を振る影坂《かげさか》ミヤを見て、俺はぐっと歯を食い縛る。

──席、後ろかよ。

□

背後から強烈な視線を感じながら一時限目をやり過ごす。

チャイムが鳴ると同時、俺とノアは影坂《かげさか》ミヤに合図を送って教室から飛び出した。向かった先は東棟の階段踊り場である。この辺りには特別教室ばかりのため、秘密の会合をするにはもってこいのスポットなのだ。

「こんな辺鄙《へんぴ》なところに連れ出して何をするつもり？　リンチ？　ヘンなことしたら大声をあげて先生呼ぶけど？」

敵二人に囲まれているというのに、影坂《かげさか》ミヤの態度は余裕そのものだった。

「とぼけないでください。あなたは私を殺しに来たんですよね」

「そりゃま、六花《ろっか》戦争《せんそう》だし。他の参加者を蹴落とすのは当然のことよ」

「何を考えているのですか？」

「なーに？　怖いの？　私に殺されるのが」

さっき教室で見せた華やかな笑顔とは正反対。

心の底から見下すような視線がノアに突き刺さった。

「……あなたこそ怖いんじゃないですか？　転校なんていう回りくどいことをして」

「回りくどくはないわよ？　ブローカーに頼めば簡単に手続きは終わっちゃうし。あんたが学校に通ってるって聞いたから、私も昼ノ郷《デイトピア》の学校生活を味わってみたくなったのよ」

「嘘《うそ》ですね」

「当たり！　本当はね、夜ノ郷《ナイトピア》で落ちこぼれのあんたが昼ノ郷《デイトピア》でどうやって生きてるのか気になったの。ナイトログとしてダメダメだから、自分よりも下等な人間たちの社会に溶け込もうとしてるんでしょ？　浅ましいったらないわねー。でもあんた、あの感じだと全然馴染《なじ》めてないんじゃない？　こっちでも疎《うと》まれてるの？　友達一人もいないの？」

影坂《かげさか》ミヤはくすりと嘲笑した。

「まあ、そんなのどーでもいいわよね。これまではラッキーで生き残ってたみたいだけど、それもオシマイ。あんたみたいなひ弱なナイトログは殺されちゃう運命なのよ」

「ノア。こいつと知り合いなのか？」

俺は我慢できずに声を発していた。

ノアはうつむき、スカートの端を握りながら、

「いえ……知り合いっていうか……その……」

「私は夜凪《よなぎ》ノアをイジメていたのっ！」

影坂《かげさか》ミヤが笑顔で叫んだ。

「夜凪楼《よなぎろう》と影坂堂《かげさかどう》は領地が近いから、よくパーティーで顔を合わせていたのよ。この子ったらとんでもなく間抜けでね、見ているだけでむかついてきちゃって。色々あったけど、しばらくしたらパーティーにも来なくなったわよね？　引きこもってたの？」

露骨すぎて作り物にすら感じられる悪意だが、ノアを傷つけるには十分だったようだ。何も言い返すことができず、唇をきゅっと結んで黙り込んでしまっている。

「あんたって昔からダメダメよね、ナイトログなのにどうしてマトモに夜煌錬成《やこうれんせい》ができないのかしら？　欠陥品ってこと？　なんで夜凪楼《よなぎろう》の当主サマはあんたを生かしてるのかなぁ？」

「もうやめろよ」

ノアの前に一歩出て、影坂《かげさか》ミヤと対峙《たいじ》する。

「言葉で責めても仕方ないだろ。やるなら受けて立つぞ」

「ああ！　あんたがＳＳＲの夜煌刀《やこうとう》よねっ⁉」

ぎょっとするほど友好的な笑顔だった。

「夜凪《よなぎ》ノアが首崎館《しるしざきかん》や獄呂苑《ごくろえん》を倒せるわけがないもの。絶対に秘密があると思っていたわ。あんたの呪法《じゅほう》は他に類を見ない不死を操る力って聞いたけれど、本当？」

「どうでもいいだろ、そんなことは……」

「ふふ。よくないわ。何もかも。あんたが夜凪《よなぎ》ノアのもとにいるのはよくない。強い夜煌刀《やこうとう》は強いナイトログのモノになるべきなんだから――」

ゆったりとした足取りで近づいてくる。
何故《なぜ》だか心臓を握られたように動けなかった。
やつは俺の胸に手を添え、ちょっと背伸びをして——
殺《や》られる、そう思った瞬間、
強引に唇を重ねられた。

「⁉」

……え？　え？　ええ？　ぇ？　えええぇ……？


「え」という平仮名がゲシュタルト崩壊するくらいのインパクト。夜に咲く花のような香りに脳味噌《のうみそ》を蹂躙《じゅうりん》され、俺の意識は宇宙のかなたまで飛びかける。

「あれ？　な、なんで、逸夜《いつや》くん……？　あの、え……⁉　そんなことって……」

ノアが可哀想《かわいそう》なくらい慌てふためいていた。

それで覚醒した。飛び上がるように一歩退く。

「お、お前！　何するんだ！」

「ふふ……♪　とんでもなく美味《おい》しいわ、今までのどんな人間よりもね」

「いきなり変だろ！　ナイトログには常識がない！」

「かっわいい！　お顔が真っ赤ねっ！　でも——」

影坂《かげさか》ミヤはするりと俺たちの横を通り過ぎていく。

「──あなたはもっと可愛《かわい》くなるの。私の夜煌刀《やこうとう》になることによってね」

「そんな……」

「今日のところは様子見よ。また後でブチ殺してあげるわ、夜凪《よなぎ》ノア」

きーんこーんかーんこーん。

間の抜けたチャイムが校舎に鳴り響く。

俺たちは去っていく影坂《かげさか》ミヤの後ろ姿を見送ることしかできなかった。

二人とも、あいつのペースにかき乱されていた。

□

結局その日、影坂《かげさか》ミヤが攻撃してくることはなかった。

まるで普通の生徒のように授業を受け、クラスメートと談笑し、すっかり仲良くなってしまった如月《きさらぎ》のグループと一緒に下校をしたようである。

誠《まこと》が「夜凪《よなぎ》さんとは全然違うタイプだねえ」と感心していたが、まさにその通りだ。ノアが人間に対していつまでも距離感を保っている一方、影坂《かげさか》ミヤは初《しょ》っ端《ぱな》から信じられないくらいのコミュ力を発揮し、あと数日もすれば友達百人できるかなというレベル。

そして──あの突然のキス。略奪宣言。ノアに対する悪意。

色々な意味で、ノアはメンタルをやられてしまったらしい。

「ねえ、古刀《ことう》。ノアに何したの？」

学校から帰ってきた俺は、ドラゴン亭でチャーハンを食べていた。

隣ではカルネの夜煌刀《やこうとう》、石木《いしき》水葉《みずは》がノートPCでゲームをやっている。それ以外に客は一人もいないので、やっぱりこの店は繁盛《はんじょう》という言葉とは程遠い位置にあるようだ。

「さっきから厨房《ちゆうぼう》に引っ込んだまま出てこないけど？　ケンカでもした？」

「俺が何かをしたんじゃなくて、影坂《かげさか》ミヤに色々されたんだよ」

「ああ、影坂堂《かげさかどう》……」

石木《いしき》はゲームパッドを操作しながら呟《つぶや》いた。

「カルネから聞いてるけど、昔ノアと色々あったみたいだね」

「イジメられてたって本当なのか？」

「さあ。でも嫌なことがあったのは確実だろうね。夜ノ郷《ナイトピア》って意外とジメッとしてるんだよ。湿度の話じゃなくて、人間関係的なアレね。こっちよりもずっと旧弊的」

「ふぅん……石木《いしき》は行ったことあるんだな」

「六花《ろっか》戦争《せんそう》が始まる前はあっちに住んでたし。カルネに連れられてね。いやほんとにマジで窮屈な場所だよ、ネットもつながらないしさ。しかも身分制度がガチガチで、八十個くらいの貴族家系がしのぎを削り合ってんの。二、三百年前のヨーロッパって感じかなあ」

「面倒くさそうな場所だな。夜凪楼《よなぎろう》とか影坂堂《かげさかどう》ってのは夜ノ郷《ナイトピア》の貴族家系なのか？」

「そういうことだね。あ、あと夜ノ郷《ナイトピア》には昼が来ない。ずっと夜」

「マジか」

「だから陰気なやつばっかりなのかもね」

「――おいてめえ、客席でパソコンいじるんじゃねえって言ってるだろ」

ドスの利いた声が聞こえてきた。

石木《いしき》が「げっ」と振り返る。厨房《ちゆうぼう》から姿を現したのは、背の高い女性だった。人を二、三人殺してそうな鋭い目つきと、それに似合わない猫ちゃんマークのエプロンが印象的。

「お前が無遠慮にゲームやってるから店に客が来ないんだよ。電気も勝手に使いやがって」

「客が来ないのは料理がまずいから――」

「何か言ったか？」

「ご、ごめんなさい。いやでもさ、ＰＣ使って街を偵察すればノアの役に立つし」

「どう見てもゲームやってんだろ。だいたいな、六花《ろつか》戦争《せんそう》ってのはナイトログと夜煌刀《やこうとう》だけで勝ち進むものなんだ。カルネがいるだけでも反則気味なのに、そんな小細工まで仕掛けてたら常夜《とこよ》神《がみ》に目をつけられるぞ」

「いや別に大したことはしてないから――わあああああ⁉」

ぱたん、と石木《いしき》のノートＰＣが閉じられてしまった。

石木《いしき》の悲鳴を聞き流しつつ、俺は恐る恐るエプロンの女性を見上げた。

「あの、もしかして劉《りゅう》さんですよね」

「そういうお前は噂《うわさ》の夜煌刀《やこうとう》だな。いかにも、あたしが劉妍凌《りゅうけんりょう》だ」

つまりドラゴン亭の主で、昼ノ郷《デイトピア》におけるノアの保護者だ。

この人も夜煌刀《やこうとう》なのだろうかと思ったが、手には夜煌紋《やこうもん》らしきものが見当たらなかった。

俺の視線に気づいた劉《りゅう》さんが「墨なんてどこにもないよ」と笑った。

「あたしは刀じゃなくてブローカーだ」

「ブローカー？」

「ナイトログの協力者ってことさ。やつらが昼ノ郷《デイトピア》に長期滞在する際、色々と必要になるものがあるだろう。金とか住居とか、あとは身分とか？　そういうのをぜんぶ用意してやるのがあたしらの仕事。見返り欲しさにやってるやつもいるし、ナイトログに脅迫されてやってるやつもいる。もちろんあたしは前者だが」

「もしかして、影坂《かげさか》ミヤについても詳しかったり？」

「影坂堂《かげさかどう》とは縁がないからよく分からんね。あたしは夜凪楼《よなぎろう》専属なんだ」

「そうですか……」

「心配するな。ノアなら大丈夫だろうよ」

隣の石木《いしき》が性懲りもなくゲームを再開した。劉《りゅう》さんはＰＣの電源コードを引っこ抜きながら溜息《ためいき》を吐く。

「あいつは悪口を言われたくらいで立ち止まるようなタマじゃない。ちょっと前だったら萎《しお》れてたかもしれないが、今はお前がいるからな」

「そういえば、ノアはさっきから厨房《ちゅうぼう》で何やってるんですか？」

「お前を縛りつけるための作戦だとさ」

何だそれ。逃げたほうがいいのだろうか。

「逸夜《いつや》くんっ」

しかしノアはすぐそこにいた。

その横でカルネがニヤニヤしながら立っている。嫌な予感しかしない。

「教えてもらいながらプリンを作ってみました。よければ食べてみてください」

そう言ってノアはカップを差し出してくる。

「プリン？　何で？」

「私だけでは食べきれないので」

「つまり！　ノア様は古刀《ことう》さんを餌付けしたいんですっ」

「ち、違います。これは私の愛刀として働いてくれている報酬みたいなものであって。とにかく食べてください」

カップにはきれいなカラメル色をしたプリンがつまっていた。ノアはスプーンでその端っこを掬《すく》い、それをゆっくりと持ち上げて——ぱくりと自分の口へ放り込んだ。

もぐもぐしているノアをまっすぐ見つめる。

いやまあ、「あーん」されるとは思ってなかったけど。

「——毒見です。我ながらよくできたと思います」

「そうか。スプーンとってくる」

「いえ、これを使ってください」

ノアは自分が使ったスプーンで再びプリンのかけらを掬《すく》うと、震える手つきで俺の口元目がけて近づけてきた。本当に「あーん」されるとは思わなかったが、変に恥ずかしがればカルネの思《おも》う壺《つぼ》だ。なんとか平常心を保ち、ぱくりとプリンを食べてみる。

とろけるような甘さが広がっていった。

意外性は何もない。だけど普通に美味《おい》しい。

「ど、どうでしょうか……？」

「うまい。ノアは料理もできるんだな」

「よ、よかったぁ……気に入っていただけたみたいで嬉《うれ》しいです。やっぱりプリンは至高のデザートですね。これからは毎日作ってあげます」

ノアは頬を染めながらも満足そうだ。いまいちその心情が分からずに困惑していると、スマホで動画撮影していたカルネが嬉《うれ》しそうにしゃべり始めた。

「古刀《ことう》さん、聞くところによると影坂《かげさか》ミヤにチュウされたそうですね？」

「え？　あ、えっと、まあ……」

「ノア様は不安を感じていたのです。古刀《ことう》さんをとられちゃうんじゃないかって」

「か、カルネ！　黙ってるっていう約束を忘れたのですか！」

「はい忘れました！――だからですね、これは古刀《ことう》さんの心をつなぎとめるための作戦なんですよ。胃袋をつかめば心をつかんだも同然ですからね。あとはまあ、古刀《ことう》さんが私の料理を美味《おい》しいって言ってくれたことへの対抗心もあったのかもしれません」

「カルネ……！」

「では何故《なぜ》『あーん』なのかって？　そりゃもちろん、古刀《ことう》さんを誘惑するために決まってますよ！　しかも間接キスですよ間接キス、影坂《かげさか》ミヤのチュウを上書きしたいっていう幼気《いたいけ》な魂胆が透けて見えますよね。でも直接上書きするのは恥ずかしいから間接なんですよね。ノア様ったら本当にいじらしいですねえ」

「カルネ～っ！」

ノアが半泣きになってメイドをぽかぽか殴った。カルネは「ごめんなさ～い」と大笑いしている。ついにキレた劉《りゅう》さんが「てめえら騒ぐなら他所でやれ！」と怒鳴り散らした。ドラゴン亭は今日も大騒ぎだ。店内を覗《のぞ》いた客が回れ右をしそうなほどに。

「――なんか、ノアも普通の女の子になっちゃったよねえ」

バッテリー残量の低下したＰＣでゲームをしながら石木《いしき》が呟《つぶや》く。

「ちょっと前までは無表情の人形だったのにさ」

「学校ではいつもそんな感じだけどな」

「でも古刀《ことう》の前だと違うわけでしょ？　ぞっこんって感じだよ。見ているこっちが恥ずかしくなるくらいに。これで古刀《ことう》がいなくなっちゃったら、マジで参っちゃうかもね」

ナイトログは夜煌錬成《やこうれんせい》を使えばいくらでも夜煌刀《やこうとう》を作り出せる。

俺に執着する理由は、俺がノアにとって初めての夜煌刀《やこうとう》だからだろうか。

「逸夜《いつや》くん！　もっと食べてください」

ノアがプリンをこちらに差し出しながら言った。

「そのかわり、食べたぶんだけ頑張ってくださいね。影坂《かげさか》ミヤをボコボコにするためには、逸《いっ》夜《や》くんの働きが必要不可欠なのです」

「そうだな」

「ではどうぞ。あーん」

「ちょっと待ってくれ。その前に――」

立ち上がり、踵《きびす》を返《かえ》し、何でもないような感じを装《よそお》って言った。

「トイレに行ってくる」

□

トイレに行くと見せかけて、裏の勝手口から外に出る。

すでに夜の九時を回っており、往来はひっそりとした暗闇に包まれていた。もともとこの辺りは繁華街から外れた住宅地の奥にあるため、人通りも少ないのだ。ドラゴン亭に客が来ない原因の一つとして、立地条件の悪さも挙げられるのではないか。

（湖昼《こひる》。絶対に助けてやるからな……）

静まり返った街路を黙々と歩く。

俺が家族を取り戻すためには、ノアに頑張ってもらわなければならない。優勝して天外《てんがい》が手に入れば、湖昼《こひる》は戻ってくるはずだから。

しかし、あいつだけを命綱とするのは心細かった。必要ならばどんな手段も使ってやる。たとえそれが後ろ指をさされるような行為であっても。

「ここか」

ドラゴン亭から十分ほど歩いたところに小さな公園があった。

警戒しながら足を踏み入れた時、ふと、砂場の手前にウサギのぬいぐるみが落ちていることに気づく。両手で持てるサイズの、クレーンゲームの景品にありそうなやつだ。公園で遊んだ子供が忘れたのだろうか。

「――こんばんは。遅かったわね」

闇の中から甘ったるい声が聞こえた。

薄ぼんやりとしたポールライトの隣に、うちの高校の制服を着た少女が立っている。人間離れした美しい金髪を夜風に靡《なび》かせながら、昼間ノアに向けていた刺々《とげとげ》しい雰囲気とは正反対の笑顔で俺を見つめていた。

「……影坂《かげさか》ミヤ。湖昼《こひる》の居場所を知ってるっていうのは本当か」

「ふふ、焦《あせ》らなくてもいいじゃない。まずは雑談でもしましょう？」

「いらない。俺に必要なのは妹だけだ」

「本ッ当にシスコンねえ」

影坂《かげさか》ミヤは子供のように笑っていた。

あの時。東棟で何の脈絡もないキスをかましてきた時――こいつは俺の制服の胸ポケットにメモを忍び込ませた。あのキス自体はノアの注意を引くためのカモフラージュにすぎず、真の目的は以下のメッセージをこっそり俺に伝えること。

『古刀湖昼《ことうこひる》の居場所が知りたければ午後九時に一人で藤咲東公園へ　影坂《かげさか》ミヤ』

「……このメモはどういうことだ？　お前は湖昼《こひる》を知っているのか？」

「あんたが妹の湖昼《こひる》ちゃんを捜していることは知っている。夜凪《よなぎ》ノアとそういう会話をしているのが聞こえたからね」

「まさか、お前が湖昼《こひる》を刀にしたのか」

「それこそまさかよ。私は一度だって無差別な夜煌錬成《やこうれんせい》を発動したことはないもの」

嘘《うそ》にしか聞こえなかった。

「私を疑っているのね？　じゃあ何でここに来たの？」

「藁《わら》にも縋《すが》る思いだからだ。湖昼《こひる》を助けるためなら俺は何でもする」

「へえ……ふふふ。あんたにとっては夜凪《よなぎ》ノアより古刀湖昼《ことうこひる》のほうが大事なのね」

「話を進めてくれ。お前は湖昼《こひる》の居場所を知っているんだな？」

「正確には知らないわ。でも私の夜煌刀《やこうとう》の呪法《じゅほう》を使えば知ることができる——ねえ和花《のどか》？」

「はい」

驚きのあまり悲鳴が漏れそうになった。

公園の闇から姿を現したのは、つややかな黒髪を夜風になびかせる少女だった。影が薄くて気づかなかったが、ベンチのところでずっと待機していたのだろう。

「誰だ……？　まさかナイトログ？」

「違うわよ。この子は桜庭和花《さくらばのどか》。私の夜煌刀《やこうとう》よ。銘は〈翠影《すいえい》〉」

「初めまして。どうぞよしなに……」

ぺこりと頭を下げる。

幸の薄そうな目尻と品のある所作が印象的だった。あのブレザーはたぶん隣町の高校のものだろう。俺と同じ高校生――といっても油断は許されない。影坂《かげさか》ミヤが夜煌刀《やこうとう》を連れてきたということは、「いつでもお前を殺せるぞ」と脅迫しているに等しいのだ。

「……桜庭《さくらば》さん。あんたに湖昼《こひる》を見つけることができるのか？」

「私の呪法《じゅほう》は探知系なので。名前や顔が分かれば」

「だそうよ。写真があればすぐに見つけ出せるわ」

「写真は――」

そこでちょっと詰まってしまった。

「写真はない。あいつは撮影されるのが嫌いだったから」

「あらそうなの？　まあ他の情報でもなんとかなると思うけど。ねえ和花《のどか》？」

「えっと……どうでしょうか……」

「なるって言いなさいよ！　こいつを信用させなくちゃダメでしょ！」

「ふぁい。ごめんなさいミヤさん……」

影坂《かげさか》ミヤが桜庭《さくらば》の頰をむに～っと引っ張っていた。毒気を抜かれる構図である。

「……おい。本当に湖昼《こひる》を見つけてくれるのか？」

「もちろん。でも条件があるわ」

やはりそういうことなのだ。これは取引。欲しい情報がタダで手に入るわけもない。

「私は和花《のどか》の呪法《じゅほう》で古刀湖昼《ことうこひる》の行方を捜す。そのかわり、あんたには私の言う通りに動いてほしいの」

「何をすればいいんだ？」

「夜煌刀《やこうとう》の所有権を書き換える儀式がしたいわ。あんたを私のモノにするために」

影坂《かげさか》ミヤは妖艶《ようえん》に微笑《ほほえ》んで一歩近づいてきた。

俺は蛇に睨《にら》まれた蛙《かえる》のように動けなかった。

「夜煌刀《やこうとう》の所有権は、最初に夜煌錬成《やこうれんせい》をしたナイトログに帰属する。所有権を持たないナイトログが接続礼式《せつぞくれいしき》をしても、夜煌錬成《やこうれんせい》は発動できない。つまり刀剣形態に変換することができない。だから所定の儀式をする必要があるのよ。これがちょっと面倒くさくてね」

「だから、何をすればいいんだよ」

「追って指示を出すわ。まずはこの取引に乗るかどうか答えなさい」

「お前には桜庭《さくらば》さんがいるだろ。俺を手に入れる理由がない」

「夜煌刀《やこうとう》は何本あっても足りないのよ。だいじょーぶ、あんたのことは大事に扱ってあげる。和花《のどか》も仲良くしてあげてね、同じナイトログに所有されている夜煌刀《やこうとう》はきょうだい同士みたいなもんだから。あんたはお姉ちゃんよ」

「あ、はい……えと、よろしくお願いします、古刀《ことう》さん」

桜庭《さくらば》は再びぺこりと頭を下げた。周りにあまりいないタイプなので調子が狂ってしまう。

この少女も例のメリットのために影坂《かげさか》ミヤに従っているのだろうか。

（それはさておき）

影坂《かげさか》ミヤは「ノアを裏切れ」と要求しているのだ。

俺にとって、ノアは妹を見つけるための手段。

ノアにとっても俺は六花戦争《ろっかせんそう》で勝ち抜くための手段でしかない――はず。

はたしてノアは影坂《かげさか》ミヤを倒せるだろうか。

残りの参加者を蹴散らして優勝することができるだろうか。

それができないならば――

――逸夜《いつや》くんは私のモノです。

ふと、あの無邪気な笑顔が脳裏をよぎる。駄目だ。雑念は振り払わなければならない。心を冷徹に。優先順位をはっきりと。俺にとって大事なのは湖昼《こひる》の安否だけなのだ。

「……お前が約束を守るという保証はあるのか？　本当に湖昼《こひる》の居場所が分かるのか？　全部俺を騙《だま》すための嘘《うそ》だという可能性は？」

「疑うならこの話はナシよ？　私は夜凪《よなぎ》ノアを叩《たた》き潰してあんたを略奪するわ。もちろん古刀《ことう》湖昼《こひる》の居場所なんて教えてあげなーい」

影坂《かげさか》ミヤはそっぽを向いてしまった。

俺が黙っていると、しかし彼女はニヤリと笑って振り返る。

「冗談よ冗談、私はあんたに協力してあげたいの」

「何故《なぜ》」

「あなたが古刀昼奈《ことうひるな》さんの子供だから」

心臓が止まりかけた。

「初めて会った時からすぐに分かったわ。だって〝古刀《ことう》〟なんていう苗字《みようじ》は人間の中でも珍しいほうだもの。あと雰囲気も似てたし――」

脳を高速で回転させる。

「――雰囲気って、顔立ちのことか?」

「んー、振る舞いみたいなものかしら? とにかく似ているの」

「古刀昼奈《ことうひるな》は俺の母親の名前だ。どうしてお前が知っているんだよ」

「昔、お世話になったから」

影坂《かげさか》ミヤはどこか感傷的な表情を浮かべた。

人を手にかけるナイトログには到底思えない雰囲気だった。

「小さい頃、ちょっとした事故で昼ノ郷《デイトピア》に迷い込んでしまったことがあったの。お父様やお母様ともはぐれちゃって、どこへ行っても知らない街並みが広がっていて、我慢できなくなった私はこの公園で泣いていた。そんな私を昼奈《ひるな》さんが見つけてくれて、声をかけてくれたの。夜ノ郷《ナイトピア》からお迎えが来るまで遊んでくれたのよ。ほらこれ、昼奈《ひるな》さんにもらったカタツムリのストラップ。今でも大事にしてる。あの人って、ちょっとキモい生き物が好きだったわよね。タコとかナマコとかウミウシとか——あれ？　どうしたの？　ねえ逸夜」

俺は目眩《めまい》を覚えて黙り込んだ。

これは罠《わな》か。俺を騙《だま》すための作り話なのか。いや、でも、こいつが語る古刀昼奈《ことうひるな》の情報は、俺の記憶に残留しているものと限りなく一致しているように思える。

「とにかく、恩人である昼奈《ひるな》さんの子供とは敵対したくないの。古刀湖昼《ことうこひる》を見つけてあげたいってわけ。もちろん私の最大の目的は六花戦争《ろっかせんそう》で優勝することだけどね」

「待て、もっと母さんの話を——」

「ダメ」

細い人差し指が俺の唇に添えられた。それで思考が破壊されてしまう。

「私にだって事情があるの。今の話を聞いても気が進まないようだったら、残念だけど、この取引はなかったことにしてね」

「…………」

「夜凪《よなぎ》ノアにはあんたの願いは叶《かな》えられないわ。私のモノになりなさい」

有無を言わさぬ迫力だった。

俺がやるべきことは最初から決まっている。

湖昼《こひる》を助けられる可能性が最も高い選択肢に懸ければいい。

そうするのが湖昼《こひる》のためなのだ。

□

翌日、私はドキドキしながら五時間目の授業を受けていました。教壇では先生が英単語の発音を解説してくれていますが、すべての音声は右耳から左耳へと素通りしていきます。

これが終われば、影坂《かげさか》ミヤに一矢《いっし》報いる時が来るのです。

あの子は私の天敵。夜ノ郷《ナイトピア》にいた頃から何かと突っかかってきて、私から色々なものを奪っていきました。パーティーでは何度もお洋服にジュースをかけられたし、足をかけられて転んだことも一度や二度ではありません。影坂《かげさか》ミヤは夜ノ郷《ナイトピア》の貴族にありがちな血統主義者、そして高飛車な女の子ですから、私みたいに嫡流ではなく、しかも引っ込み思案なナイトログの存在が気に食わなかったに違いないのです。

六花《ろっか》戦争《せんそう》に参加するナイトログは籤《くじ》で決められますが、私と同時に影坂《かげさか》ミヤが選出されたのは運命だったのでしょう。

私は逸夜《いつや》くんを手に入れ、大きく成長しました。

もう落ちこぼれではないのです。

すでに逸夜《いつや》くんとの打ち合わせは済ませてあります。影坂《かげさか》ミヤは人目のあるところで戦うのを嫌っているらしく、それは「夜ヲ秘匿セヨ」という常夜神《とこよがみ》の方針を忠実に守っているからでしょう。私も学校で騒ぎは起こしたくないので、今日の放課後影坂《かげさか》ミヤを尾行し、一人になった瞬間を狙って攻撃を仕掛ける手筈《てはず》になっています。

二人一緒なら大丈夫。力を貸してくださいね、逸夜《いつや》くん――

「――先生。ちょっとお手洗いに行ってきます」

「あ？　ああ、はやく戻ってこいよ」

逸夜《いつや》くんが席を立ちました。緊張する気持ちはよく分かります、この授業が終われば作戦がスタートするのですから。私も今のうちにお手洗いを済ませておきましょうか。

（……あれ？）

ところが、それからしばらく経《た》っても逸夜《いつや》くんは帰ってきませんでした。

おかしいです。もう授業が終わってしまうのに。

悶々《もんもん》とした気分で待機していると、にわかに教室の扉がガラリと開きます。逸夜《いつや》くんが戻ったのかと思いましたが、そこにいたのは黒髪ロングの女の子でした。着ている制服からしてこの学校の生徒ではありません。クラスがどよめきます。どういうことなのでしょう――

がたん。影坂《かげさか》ミヤが勢いよく立ち上がりました。

嫌な予感が膨れ上がり、やがてその予感は現実のものとなりました。

「先生、ちょっと殺してもいいでしょうか？」

「は？　影坂《かげさか》？　何だって？　というかそっちの子は」

「整ってしまったのです。夜凪《よなぎ》ノアを仕留めるための準備がね――和花《のどか》！」

「はい。夜煌錬成《やこうれんせい》ですね」

次の瞬間、和花《のどか》と呼ばれた少女の輪郭がぶれ、真っ黒い宵闇に変化していきました。

影坂《かげさか》ミヤはその中心に腕を突っ込むと、力任せに何かを引き抜いていきます。

やがて彼女の手に収まったのは――西洋風のロングソード。

まるで吸血鬼を殺すために存在しているような、十字架にも似た夜煌刀《やこうとう》でした。

「こ、ここで始めるつもりですか⁉」

私は反射的に立ち上がろうとして、
それよりも早く影坂《かげさか》ミヤが動きました。

「影よ。縛り上げろ」

呪法《じゆほう》が発動する気配。

ロングソードの先端から黒々としたうねりが拡散していきました。

それはしなる鞭《むち》のように躍動する影の奔流です。悲鳴をあげる生徒たちには見向きもせず、
一直線に私のほうへと襲いかかってきました。

「あ――」

咄嗟《とっさ》のことなので反応もできません。私の手には逸夜《いつや》くんがない。

逸夜《いつや》くん、あなたはいったいどこへ……――

□

学校を抜け出した俺は、近くの河川敷《かせんじき》に座ってぼーっとしていた。

小さい頃、よく家族で一緒に散歩をした場所だった。

お兄ちゃんお兄ちゃんと俺の腕を引っ張る湖昼《こひる》、その様子を微笑《ほほえ》ましそうに眺めている母。

思えば、あの頃はすべてが揃《そろ》っていたように思う。損得や利害ではなく、心から相手のことを思いやることができる正真正銘の家族。今ではすべてが宵闇の奔流に流されてしまったけれど
――しかし、俺はその一部でも取り戻さなければならない。

(湖昼《こひる》は絶対に助ける……でも……)

昨夜から心のモヤモヤは晴れなかった。

俺は湖昼《こひる》とノアを天秤《てんびん》にかけているのだ。

――あんたは夜凪《よなぎ》ノアから離れてくれるだけでいい。そうすればあいつは抵抗できなくなる

からね。大丈夫大丈夫、殺しはしないわ。私は今まで一度だって誰かを手にかけたことはないもの。ただ夜煌刀《やこうとう》の所有権を移譲するための儀式を行うだけよ。

影坂《かげさか》ミヤは俺の母親、古刀昼奈《ことうひるな》に会ったことがあるという。

あいつが持っていたカタツムリのキーホルダーは、母が集めていたモノの一つに違いない。影坂《かげさか》ミヤは何年経《た》っても恩を忘れず、宝物のようにキーホルダーを保管していたのだ。

だから、多少は信頼してもいいのではないかと思えてしまった。

それは言い訳なのだろうか。ノアを裏切った罪悪感に対する気休めなのだろうか。

俺は妹のためなら何でもするつもりだった。

だが実際はどうだ？　利用価値のなくなったパートナーを切り捨てたくらいでこのザマ。いつまでも愚図愚図と座り込み、この選択は本当に正しかったのかと自問自答している。ノアの顔と声ばかりが頭の中に浮かんでは消える。

「……ん？」

奇妙な物音を聞いた。金属と金属がぶつかるような。

さらに——風に乗って、かすかに夜のにおいがただよってきた。俺は不思議に思って風上のほうを振り向く。遠くの橋の下で、誰かと誰かが縺《もつ》れ合《あ》っているのを目撃した。

（まさか……）

奇妙な胸騒ぎを覚えながら歩を進める。

よく見れば、やつらは刀のようなものを振り回して戦っているようだ。

ただの乱痴気騒ぎではない。あの場所からは濃密な夜の気配がただよってくる。

(ナイトログ……⁉)

橋の下に到着した瞬間、俺は驚愕《きょうがく》のあまり立ち尽くしてしまった。

サラリーマンみたいなスーツ姿の男が立っている。

右手に奇妙な武器を握りしめ、血をぶちまけた夜空のような赤目で俺を振り返った。

そして——やつが左手に携えていたのは、人間の生首だった。

切断面からたらりたらりと血が滴《したた》っている。白いパーカーを着た少女の首無し死体が、すぐそこでぐったりと横たわっていた。

まずい。どうして無策で突っ込んでしまったのだろう。

男が何の感情も籠っていない目で睨《にら》んできた。

「……貴様は古刀逸夜《ことういつや》だな。夜凪楼《よなぎろう》が持っている夜煌刀《やこうとう》」

名前を呼ばれてビクリと肩が跳ねる。

「お、お前は誰だ」

「拙僧は骸川《むくろがわ》ネクロという。ここで事切れている少女は、苦条峠《くじょうとうげ》の苦条《くじょう》ナナ。手を組もうと持ちかけたのだが、断られてしまった。お前みたいなナイトログは信用できない、だそうだ。

であればその信用に応えるしかあるまい」

男——骸川《むくろがわ》が生首を放り投げた。

苦条《くじょう》ナナの頭部はころころと転がり、飛沫《しぶき》をあげて川に落っこちる。

それを見届けると、骸川《むくろがわ》は合掌して短く「南無」と唱えた。

この男は六花《ろっか》戦争《せんそう》の参加者だ。

仕留めるのは不可能。使い手が来るまで時間稼ぎをするしかない。

——使い手。

それはノアなのか、影坂《かげさか》ミヤなのか。

「何を見ている？　拙僧の顔に何かついているか」

「俺を……殺すんじゃないのか？」

「冗談を。素晴らしい夜煌刀《やこうとう》を壊してしまったらもったいないではないか。貴様はステージ０にして破格の呪法《じゅほう》を持つという逸品——我が武器庫に迎えてやろう」

俺は身構えた。骸川《むくろがわ》は真顔で言った。

「……これも冗談だ。拙僧は己の夜煌刀《やこうとう》だけを愛している」

「じゃあ、やっぱり俺を殺すつもりなのか」

「否。拙僧が貴様に用事があるとするならば、それは現状確認だけだ。まさかこんな形で会うことになるとは思わなかったが、その様子では拙僧の目的は達成されたも同然だ」

「何を言っている……？」

「離間の策は成功ということだ」

「……？　お前はノアを殺そうとしているのか？」

「拙僧は殺生《せっしょう》を憎んでいる。殺せば殺すほど功徳《くどく》が帳消しにされていく音がする」

会話が噛《か》み合《あ》わない。苦条《くじょう》ナナを殺したくせに。

骸川《むくろがわ》はくるりと踵《きびす》を返《かえ》して言った。

「──六花《ろっか》戦争《せんそう》は醜い争いだ。ナイトログたちは己の欲望を叶《かな》えるために、他の多くのものを犠牲にする。愛情ではなく、損得勘定が行動原理になっている。そういう心のままでは来世は畜生に生まれ変わるであろうな」

何故《なぜ》だか胸に刺さった。

スーツのナイトログは挨拶もせずに歩き去っていく。

河《か》川敷《せんじき》に吹く風を感じながら、俺は自分の行動を再び見つめ直してみる。

□

「うッ……くぅ、」

全身を万力で潰されるような感覚。影坂《かげさか》ミヤが放った影の奔流は、あっという間に私の両手両足、お腹《なか》を縛り上げ、私を窓際《まどぎわ》の壁に縫いつけてしまいました。

まるで蜘蛛《くも》の巣《す》に捕らわれた虫。

力を込めても逃げることができません。

「ふふ。いいザマね。やっぱり逸夜《いつや》のいないあなたは木偶《でく》の坊《ぼう》にすぎないのよ」

「あなたは……逸夜《いつや》くんに何をしたのですか……？」

「何もしてないわよ？　逸夜《いつや》は自らの意思であんたを裏切ったの」

「え……」

思わず動揺してしまいました。しかしすぐに気を取り直します。逸夜《いつや》くんがそんなことをする理由はありません。きっと影坂《かげさか》ミヤが卑怯《ひきょう》な罠《わな》を仕掛けたのでしょう。

「ちょ、ちょっとミヤっち!?　これ何!?　何やってるの……!?」

兵馬俑《へいばよう》のように硬直していた人間たちの中で、いちばん最初に我に返ったのは如月《きさらぎ》さんでした。

「ねえ、その、これ魔法？　ミヤっちって魔法使いだったの……？」

「ふふ、これは呪法《じゅほう》よ。本当はむやみに見せちゃいけないんだけどね」

「そ、そうなんだ、えっと、もしかしてノアちゃんにヒドイことしてる……？」

「ひどいこと？　これは戦争なんだから、相手を痛めつけるのは当然でしょ？　でもあんたには関係ないことよ。だって——」

「ねえ、ノアちゃんを放してあ……」

影坂《かげさか》ミヤが夜煌錬成《やこうれんせい》を発動しました。その瞬間、如月《きさらぎ》さんの身体《からだ》は一瞬にして宵闇に変換され——影坂《かげさか》ミヤの左手にすぽりと収まってしまいました。

「——やっぱりハズレか。ナマクラに用はないってのに」

ぽい、と如月《きさらぎ》さんが背後に放り投げられます。

それだけで終わりませんでした。

「おい！　影坂《かげさか》、お前——」

今度は先生の輪郭がじわりとにじみます。

宵闇の中から心の核が抽出され、刃の曲がったナマクラが床に落ちた瞬間、只《ただ》ならぬ事態を悟ったクラスメートたちが大騒ぎを始めました。

影坂《かげさか》ミヤに詰め寄る者、口を開けて身動きが取れない者、一目散に教室から出て行こうとする者——そのほとんどに災厄が降り注ぎます。

教室の扉を開けた西村さんがくすんだ色の脇差に。

影坂《かげさか》ミヤの腕をつかんだ糸川さんが刃毀《はこぼ》れしたナイフに。

腰を抜かして呆然《ぼうぜん》としていた山崎くんが小さなフォークに。

「——ダメだわ！　当たりが一つもない」

ナマクラと化した無数の生徒たちが雨のように降り注ぐ教室——

そのど真ん中で、影坂《かげさか》ミヤは残念そうに口を尖《とが》らせていました。

悪い夢でも見ているような気分でした。ナイトログにとって人間は道具にすぎない——それは夜ノ郷《ナイトピア》における共通認識。しかしここまで容赦なく夜煌錬成《やこうれんせい》を連発するナイトログがかつて存在したでしょうか？

ナマクラになった人間は元に戻ることがないのに。

たった一日の付き合いとはいえ、影坂《かげさか》ミヤにとってのクラスメートなのに。

「あ、あなたは、自分が何をしているのか分かっているのですか……!?」

「人の目を気にしてチマチマやっても埒《らち》が明かないって思い知ったのよ。夜煌錬成《やこうれんせい》の回数制限が緩和されるのは六花戦争《ろっかせんそう》の期間中だけだし。でもハズレばっかりかりねえ」

影坂《かげさか》ミヤは足元に落ちていたナマクラを蹴り飛ばしました。

それだけで刃先がポロリと欠けてしまいます。

「——だから、すでに完成している夜煌刀《やこうとう》を奪うのも一つの手なのよ」

「う……ぐ……っ……」

影がさらに強く締めつけてきました。

手足が痺《しび》れていくのを感じながら、それでも私は負けじと影坂《かげさか》ミヤを睨《にら》み返します。

「逸夜《いつや》くんは、私のモノですっ……」

「逸夜《いつや》はあんたを見捨ててどこかへ行っちゃったみたいだけど？」

「あ、あの人は！　湖昼《こひる》ちゃんを助けるために頑張ってるんですっ！　こんなところで諦めるはずがありませんっ」

「そうよ、妹のために頑張ってるの。だから彼はもっとも有効な手段を選んだにすぎない。夜《よ》凪《なぎ》ノアじゃ六花《ろっか》戦争《せんそう》で勝てないって思ったから私に乗り換えたのよ」

「逸夜《いつや》くんがそんなことをするはずが――」

「これがその証拠」

影坂《かげさか》ミヤはポケットからスマホを取り出しました。

録音されたと思《おぼ》しき音声が流れてきます。

『――……冗談よ冗談、私はあんたに協力してあげたいの』

『何故《なぜ》』

『あなたが古刀昼奈《ことうひるな》さんの子供だから』

それは逸夜《いつや》くんと影坂《かげさか》ミヤの声でした。私に内緒で会っていたのでしょうか。

昼奈《ひるな》さん、恩人、カタツムリ――よく分からない会話が続きます。

そして、決定的な言葉が耳に届いてしまいました。

『夜《よ》凪《なぎ》ノアにはあんたの願いは叶《かな》えられないわ。私のモノになりなさい』

『――分かった。協力しよう』

どくんと心臓が跳ねます。

まさか、逸夜《いつや》くんは、

「そういうことなのよっ！　あんたは古刀逸夜《ことういつや》に捨てられた！　そりゃそうよね。今までろくに夜煌錬成《やこうれんせい》もできなかった落ちこぼれより、私みたいな経験豊富なナイトログのほうが優勝できる可能性が高いものっ！」

手足が震えて視界が暗くなっていくのを感じました。逸夜《いつや》くんが裏切るはずは――いや、でも、冷静に考えてみれば、それは当然のことなのかもしれない。

私が影坂《かげさか》ミヤより劣っていることは、逆立ちしてもひっくり返らない事実なのですから。

「さあ、逸夜《いつや》の所有権を寄越しなさいっ」

影が蛇のように躍動し、私はそのまま床に叩《たた》きつけられてしまいました。

机や椅子が飛び散り、肺から空気が抜け、意識が一瞬飛びかけます。

影坂《かげさか》ミヤは奴隷につらく当たる領主のように私を踏みつけながら、

「はやく契約破棄をしろ。それとも私に殺してほしいの？」

「で、できません、私は勝たなくちゃ……」

「どうせあんたは夜凪楼《よなぎろう》の失敗作よ。当主サマだって期待してないわ。他に跡継ぎがいないからって理由で生かされているだけ――ああそういえば、あんた、弟ができたんだって？　あんたとは違って嫡流らしいわよね」

「…………」

「逸夜《いつや》はあんたみたいな出来損ないには分不相応なのよ。優れた夜煌刀《やこうとう》は優れたナイトログに使われて然《しか》るべきなの。今まで落ちこぼれだったのに、たまたま拾った史上最強の刀でチート無双？　はっ、そんなのが現実で罷《まか》り通《とお》っていいわけがない」

お父様は私の活躍を褒めてくださった。

でもその活躍は、私の力ではなく逸夜《いつや》くんの呪法《じゅほう》によるもの。

やっぱり夜《よ》凪《なぎ》ノア自身は落ちこぼれなのでしょう。

「うっ」

影坂《かげさか》ミヤが私の側頭部を蹴りました。

視界がぐらぐらと揺れています。

調子に乗っていた自分が恥ずかしい。私は最強の夜煌刀《やこうとう》を手に入れて幼稚な全能感に包まれていたのでした。本質は何も変わっていないというのに。

ああ、だから逸夜《いつや》くんに見捨てられるのですね。あの人は心も身体《からだ》も強い影坂《かげさか》ミヤのようなナイトログを求めているのですから——そんなふうに途方もない絶望に打たれていた時、

「——ノア様！　まだ負けてはいませんよっ！」

ぱりぃいいいん……——

窓ガラスが突然粉々に割れました。

外からカルネが転がり込んでくるのが見えます。

右手には刀剣形態の水葉《みずは》。その刀身にはめらめらと燃える炎が揺れていました。

「はあ？　メイドが何の用？」

「水葉《みずは》。焼き尽くせ」

《校舎の弁償はしなくていいよね》

カルネが容赦なく水葉《みずは》を振るいました。

次の瞬間、真っ赤な炎がまたたく間に教室を呑《の》み込んでしまいます。

影坂《かげさか》ミヤが悲鳴をあげて転倒するのが見えました。

私を縛《いまし》めていた影もあっという間に炎上、そして燃えカスに。

手足に血液が流れていくのを感じながらゆっくりと立ち上がります。

燃え盛る炎の中、レイピアを片手に立つ火焚《ひだき》カルネの姿が浮かんでいました。

「か、カルネ!?　遅いですっ！」

「すみませんノア様！　事態の把握に時間がかかりました！　はやく退避してくださいっ」

「で、でも……」

「古刀逸夜《ことういつや》は影坂《かげさか》ミヤに騙《だま》されています！　今劉《りゅう》さんが迎えに行っているので、もうすぐノア様のもとへ戻ってくるはずですよ！」

「……──！」

カルネの瞳に嘘《うそ》偽りはありませんでした。

逸夜《いつや》くんは、影坂《かげさか》ミヤの卑劣な謀略に引っかかっただけ――？

「――あっはははは!!　主人よりも従者のほうが優秀そうねっ!!」

炎の幕を薙《な》ぎ払《はら》うようにして影坂《かげさか》ミヤが跳躍しました。

彼女の夜煌刀《やこうとう》には濃密な影が収束しています。

それを見た水葉《みずは》が慌てて叫びました。

《か、カルネ！　やっぱり紅玉《こうぎょく》持ってないと攻撃は効かないよ！》

「時間稼ぎにはなります！　気合入れてくださいね！」

カルネが夜煌刀《やこうとう》を構え――

影坂《かげさか》ミヤが夜煌刀《やこうとう》を振り下ろし――

赤と黒の激流がものすごい勢いで激突しました。机が吹っ飛び、残っていた窓ガラスが粉々に割れます。異常を察知した隣のクラスの人間たちが駆け寄ってくる気配。

この場はカルネに任せるしかありません。

私はつまずきながらその場を離脱しました。

逸夜《いつや》くん。待っていてください。あなたは私のモノなのですから。

□

骸川《むくろがわ》ネクロのことは後で考えればいい。

今はノアのことで頭がいっぱいだった。骸川《むくろがわ》の残した言葉が——「損得勘定が行動原理になっている」という言葉が俺の心を抉《えぐ》っていた。

俺は大切なことを見落としていたのかもしれない。

ノアを犠牲に湖昼《こひる》を助けたとして、湖昼《こひる》は喜んでくれるだろうか。答えは否。あの心優しい少女のことだから、自分のために誰かが傷ついたと知れば悲しむに違いない。

だから、やっぱり俺は間違っていたのだ。

「——おい！　古刀《ことう》！」

車のクラクションが聞こえた。振り返ると、軽自動車に乗った女性——劉妍凌《りゅうけんりょう》がこちらに向かって手を振っている。

「りゅ、劉《りゅう》さん？」

「カルネに言われて来たんだよ！　お前、ノアを見捨てて逃げたらしいじゃないか」

「うっ……」

「影坂堂《かげさかどう》にどう言い包《くる》められたか知らないが、夜凪楼《よなぎろう》を裏切るとはいい度胸だな？　これが夜《よ》凪楼《なぎろう》の当主サマにバレたらあたしの報酬も減るんだよ。どうしてくれる」

俺は小走りで車に近づいた。

劉《りゅう》さんが射殺すような目で睨《にら》んでくる。

「何があったんだ」

もはや隠すべきではなかった。

ことのしだいを簡潔に説明すると、劉《りゅう》さんは「ふん」と面白くなさそうに鼻を鳴らし、

「古刀《ことう》。ナイトログと夜煌刀《やこうとう》の契約を破棄する方法がどんなモノか知ってるか？」

「影坂《かげさか》ミヤは儀式をすれば破棄できると言ってました」

「その儀式が問題なのさ。契約破棄をするにはナイトログか夜煌刀《やこうとう》、どっちかが死ななきゃならないんだ」

「え……？」

「大方、『夜凪《よなぎ》ノアは殺さないから安心しろ』みたいなことを言われたんだろ？　だがそんなのはお前を騙《だま》すための嘘《うそ》だ。あいつは根っからの殺人鬼だよ。さっき石木《いしき》のカメラに映った映像を見せてもらったが、影坂《かげさか》ミヤはこの街で夜煌錬成《やこうれんせい》を発動しまくってるんだ」

血の気が引いていくような気分だった。

「形振《なりふ》り構っていられないのは分かるが、自分の願いのために他人を犠牲にするようなことがあったら、それはノア以外のナイトログと何も変わらない。バケモノみたいなものだぞ」

「俺はどうするべきでしょうか」

「見ろ。ノアが今朝、お前のために作ったプリンだよ」

劉《りゅう》さんが助手席に置いてあったビニール袋を差し出してきた。

あいつが慣れない手つきで一生懸命作ったプリン。

「これこそ損得じゃない。愛ってもんだと私は思う」

「愛……」

何かを思い知った気がした。

劉《りゅう》さんは眉一つ動かさずに言った。

「乗れ。連れてってやる」

□

「は……あはは……燃え燃え……うぎゅぅう…………」

「まったく。とんでもない放火魔ね」

壁に叩《たた》きつけられたメイドが目を回して気絶している。

その傍《かたわ》らでは彼女の夜煌刀《やこうとう》がしきりに何かを叫んでいた。

あんな炎では私の影を打ち破ることはできない。あの夜煌刀《やこうとう》のステージはせいぜい１か２。

私の和花《のどか》はすでにステージ３の領域に突入しているのだから。

《あの。ミヤさん。殺さないのですか……？》

「あいつはもう立ち上がれない。窮鼠《きゅうそ》に噛《か》まれるリスクは負いたくないわ」

《はあ……そですか……よかった……》

「先を急ぎましょうか」

2年A組の教室は怪獣が暴れた後のような有様《ありさま》だった。

集まってきた野次馬たちは一様に口を開けて凍りついている。

「お、おい。お前、いったい何が——うっ」

口を挟んできた教師に夜煌錬成《やこうれんせい》を浴びせてやった。

私は夜凪《よなぎ》ノアが去っていったと思《おぼ》しき方向へ走り出す。

古刀逸夜《ことういつや》のところへ行っても無駄だ。あいつは私のモノになったんだから。

「邪魔よ！　どきなさいっ！」

すれ違いざまに人間たちを刀へと変換していく。

廊下に落ちて甲高い音を立てるのは、いずれも取るに足らないナマクラばかりだ。あちこちで反響する悲鳴に顔をしかめた時、ふと窓の外に目的の人物を発見した。

白髪を振り乱しながら逃げていく夜凪《よなぎ》ノア。

どうやら学校から出るつもりらしい。

「——和花《のどか》！　ぶち抜くわよ！」

《はい。お手柔らかに》

出力全開。呪法《じゅほう》・【刀光剣影《とうこうけんえい》】。

伸縮自在の黒いうねりを操る力だ。

もちろん探知系などではない。すべてを破壊する影の奥義《おうぎ》。

和花《のどか》の刀身に膨大なエネルギーが集まっていき――

夜凪《よなぎ》ノアを目がけて巨大な影の竜巻が射出された。

□

逸夜《いつや》くんと早く合流しなければなりません。

劉《りゅう》さんが迎えに行ったということは、ドラゴン亭の車がここまで来るはずなのです。

ざわめきの広がっていく校舎に背を向け、私は校門を目指して直走《ひたはし》りました。

尻尾を巻いて逃げているような恰好《かっこう》ですが、悲しいことに、夜煌刀《やこうとう》を持たないナイトログは普通の人間と区別がつかないほど非力なのです。

「きゃっ⁉」

背後からすさまじい突風。私はひとたまりもなく転倒してしまいます。痛みに悶《もだ》えながら振り返ると、木端微塵《こっぱみじん》になった桜の木の残骸が後方に飛んでいくのが見えました。

黒々とした影のエネルギーが充満しています。

それを踏み潰すような勢いで影坂《かげさか》ミヤが降ってきました。

「──夜凪《よなぎ》ノア！　逃げるなら殺すわよ！」

私は慌てて立ち上がろうとします。

痛みが走って力が入りませんでした。

足を挫《くじ》いてしまったみたいです。

「か、カルネと水葉《みずは》は……⁉　あの二人はどうしたのですか⁉」

「自分の心配をしたら？　もう打つ手ナシの詰みでしょ？」

「そんな……」

「あんたに古刀逸夜《ことういつや》は似合わない」

影坂《かげさか》ミヤがロングソードを構えました。

その先端に影が収束していくのが分かります。

「そうやって地面に這《は》いつくばりながら死んでいくのがお似合いよ」

彼女の私に対する敵意は尋常ではありません。

でもそれは当然のことなのです。

ナイトログは幼い頃から「他家を蹴散らせ」と教育されてきているのですから。

「だから──潔《いさぎよ》く消《き》え失《う》せろ‼」

桜を穿《うが》った影の奔流が襲いかかってきました。

舗装された地面を抉《えぐ》り取《と》りながら迫る死の一撃。

無謀だったのです。私みたいな落ちこぼれが六花《ろっか》戦争《せんそう》に参加すること自体。

籤《くじ》で選ばれた時に辞退しておけば命だけは助かったはずなのに。家族に認めてもらいたい、自分の存在意義を示したい、そういう願いでさえ私には分不相応だったのです。

(逸夜《いつや》くん……)

心の中で呟《つぶや》く。ぎゅっと目を瞑《つぶ》る。

そのまま影の竜巻に呑《の》まれようとした瞬間、

「――ノア！」

誰かに突き飛ばされていました。

標的を見失った影の竜巻が耳元をかすりながら背後に驀進《ばくしん》し、校舎の一部を抉《えぐ》りとって青空の向こうへと消えていきます。

背中が地面に叩《たた》きつけられる衝撃。

すぐそこで誰かの息遣いが感じられました。

組み敷くような形で私に覆いかぶさっていたのは――

「――ごめん。本当にごめん。怪我《けが》はないか」

「い、逸夜《いつや》くん……⁉」

そこには泣きそうな顔の逸夜《いつや》くんがいました。

現実？　夢？　いえ――この温《ぬく》もりは本物に違いありません。逸夜《いつや》くんは私のもとに戻ってきてくれたのです。心の中に温かいものが広がっていくのを感じました。

「逸夜《いつや》くん……助けてくれてありがとうございます」

「お礼なんか言われる立場じゃないよ。俺はお前を裏切ったんだ……でも劉《りゆう》さんに言われて気づいた。やっぱり愛は大事だったんだ」

「愛⁉」

「あ、いや、」

逸夜《いつや》くんは途端に頬を染め、

「とにかく悪かった。謝る。これからはお前と一緒だ。ノアと一緒に戦わせてくれ——今更そんなことを頼んでも信用できないかもしれないけど」

「そんなことはありません——って」

そこで私は気づきました。逸夜《いつや》くんの肩が真っ赤に濡《ぬ》れているのです。

影坂《かげさか》ミヤの攻撃が掠《かす》ってしまったのでしょう。

「血！　血が出てます！　治療をしないと」

「こんなのは全然痛くない。何も問題はないんだ」

苦痛に揺れる瞳に見つめられ、私は慌てて半身を起こしました。夜煌《やこうとう》刀にとっての人間形態はあくまで仮の姿であるため、どんな傷を負っても命に別状はありません。接続礼式《せつぞくれいしき》をして刀の姿に変換することができれば、すべての負傷はリセットされて完全回復。

「——逸夜《いつや》！　何で戻ってきてるのよ⁉」

影坂《かげさか》ミヤが困惑して叫びます。逸夜《いつや》くんがいるので攻撃を躊躇《ためら》っているのでしょう。その隙を逃すわけにはいきません。私は急いで逸夜《いつや》くんの首筋に口を寄せると、遠慮なく皮膚を食い破って血を吸わせていただきました。

美味《おい》しい。やっぱり逸夜《いつや》くんの血は美味《おい》しい。

一秒。二秒。三秒……——

このまま時が止まればいいのにと名残惜しさを感じた瞬間、逸夜《いつや》くんの姿が、深い宵闇へと変わっていきました。

私はその中心部に腕を突っ込むと、闘志を滾《たぎ》らせて〈夜霧〉を抜刀します。

□

影坂堂《かげさかどう》には七人の子供がいた。

兄が二人。姉が一人。弟が二人。妹が一人。私はちょうど真ん中だ。

影坂堂《かげさかどう》の家訓は非常に明快で、「弱い者はくたばれ」というものだった。

ナイトログは闘争本能に支配された夜の怪物。昼ノ郷《デイトピア》で定期的に開催される六花戦争《ろっかせんそう》を抜きにしても、夜ノ郷《ナイトピア》では貴族家系同士による小競《こぜ》り合《あ》いが恒常的に繰り広げられている。

ゆえに、ナイトログは強くあらねばならない。

影坂堂当主《かげさかどう》——私のお父様は、子供たちに相争えと命令した。生き残った者だけが跡継ぎになれるのだ。まるで蟲毒《こどく》のような手法だが、力が全ての夜ノ郷《ナイトピア》においては理に適《かな》っていた。

私たちは幼い頃から殺し合っていた。

妹が死に、姉が死に、兄その1が死に、弟その1が死に、兄その2が死に——現時点で生き残っているのは、私と弟その2だけだった。

私は心をすり減らして暗闘の毎日を送ってきた。

これがナイトログとして普通のことだと思っていた。

でも。でもあの純白の少女は、非力なくせして「一人っ子だから」というくだらない理由で生かされている。笑ってしまうことに、やつは損得勘定とは関係がない本物の愛を求めているのだ。直向《ひたむ》きに頑張っていればいつか報われると信じ込んでいるのだ。

現実はそんなに甘くないのに。

力のないナイトログは死んで当然なのに。

気に食わない。私がこの手で葬《ほうむ》ってやる。

「——影坂《かげさか》ミヤ。今日こそ負けません」

中庭の中央に、純白のナイトログが立っている。

いじめられっ子らしいオドオドした空気は少しも感じられない。

その眼差《まなざ》しには、不愉快な眩《まばゆ》さがにじんでいた。

私は夜凪《よなぎ》ノアが持っている刀に目を向ける。

あれが首崎館《しるしざきかん》や獄呂苑《ごくろえん》を返り討ちにした最強の夜煌刀《やこうとう》。夜凪《よなぎ》ノアの傷が完全回復している
ところから察するに、獄呂《ごくろ》ギロが言っていた「不死の能力」というのは本当なのだろう。

「ふふふ……惚《ほ》れ惚《ぼ》れするくらいの美しさね。必ず私のモノにしてあげるわ」

「違います。逸夜《いつや》くんは私のモノです」

「不釣り合いよ。あんたみたいな卑賤《ひせん》な生まれの子には似合わない。そのへんに私が作ったナマクラがいっぱい落ちてるから、どれか持っていっていいわよ？　ああごめんごめん、そんなことする必要なかったわね――」

私は和花《のどか》をぎゅっと握りしめた。この距離なら呪法《じゅほう》よりも斬撃が適切だ。

「――だって夜凪《よなぎ》ノアはここで死ぬんだから！」

私は力いっぱい走り出す。

夜凪《よなぎ》ノアはアホ面をして突っ立っていた。

隙だらけすぎて笑える。その細いお腹《なか》を抉《えぐ》ってやろう。

真っ二つまであと三秒。二秒。一秒。力を込めて横薙《な》ぎの一閃《いっせん》を放ち――

「⁉」

夜凪《よなぎ》ノアが消えていた。跡形もなく。

稲妻のような動揺を覚えた瞬間、和花《のどか》の絶叫が頭に響いた。

《ミヤさん！　後ろですっ……！》

咄嗟《とっさ》に身を翻《ひるがえ》して刀を振るう。

甲高い金属音。互いの息すらかかるような距離に夜凪《よなぎ》ノアがいた。

和花《のどか》と逸夜《いつや》がせめぎ合い、私はその予想外の重さに目を見開く。

「お前っ……！　なんだその威力は……!?」

「あなたに勝ちますっ！　逸夜《いつや》くんがいれば可能ですっ！」

《み、ミヤさん、痛いっ、痛いですこの夜煌刀《やこうとう》……！　ステージ0のはずなのにっ……》

「へこたれるな和花《のどか》っ！」

呪法《じゆほう》・【刀光剣影《とうこうけんえい》】。和花《のどか》の刀身から影のエネルギーが射出される。

ところが、夜凪《よなぎ》ノアは神のような反応速度を発揮した。

飛んでくる木の葉を避けるような感じでわずかに身体《からだ》を逸《そ》らす。

獲物を抉《えぐ》ることができなかったエネルギーが背後の虚空《こくう》へと流されていく。

「な――あがっ」

神速の回し蹴りが腹部にめり込んでいた。

私はそのままひとたまりもなく吹き飛ばされてしまう。痛い。痛い痛い。あの小さな身体《からだ》からは想像もできないほどの威力。身体能力まで強化されているに違いなかった。

「よ……夜凪《よなぎ》ノアッ！　よくもやってくれたわね……！」

《あの人速すぎますっ！　古刀逸夜《ことういつや》の呪法《じゆほう》だと思うけど……でも……！》

「どうでもいい！　叩《たた》きのめしてやる！」

「あなたには無理ですっ」

夜凪《よなぎ》ノアが一丁前に宣言して突っ込んできた。

馬鹿か。さっきのはマグレに決まっている。

武器がどんなに優れていても、その使い手が未熟であるならば意味がないのだ。私は沸騰しかけた頭を落ち着けると、やつの袈裟《けさ》斬りをギリギリで回避してカウンターを叩《たた》き込む。

叩《たた》き込んだはずだった。

現に夜凪《よなぎ》ノアのお腹《なか》はざっくりと抉《えぐ》られている。

それでも彼女は闘志を一切失っていなかった。

それどころか――コンマ数秒のうちに傷が塞がっていく。

抉《えぐ》られた制服の向こうに無傷のお腹《なか》が復活している。

「はあああっ！」

掛け声とともに逸夜《いつや》が振るわれた。

和花《のどか》を斜めに構えることで辛《かろ》うじてその剣戟《けんげき》を受け流すことに成功――したかに思えたが、

あまりの力強さに勢いを殺しきることができず、そのまま背後に弾《はじ》き飛《と》ばされてしまった。

衝撃が脳を揺さぶっている。

数年ぶりに冷や汗が垂れるのを感じた。

「な――何よそれ？　呪法《じゅほう》……？」

「はい。使い手のあらゆる身体能力を向上させる最強の力です。呪法《じゅほう》としての名称は――【不《ふ》死輪廻《しりんね》】。カッコいいでしょう」

《カッコよくはないだろ》

「いいえ。逸夜《いつや》くんにぴったりです」

頭の血管が一つ残らず切れるかと思った。

こいつらは何をイチャイチャしてやがるんだ――

夜凪《よなぎ》ノアは私に構わずに猛攻を続けた。

一撃一撃が必殺の剣戟《けんげき》。無理に受け止めれば和花《のどか》が駄目になってしまうし、躱《かわ》し続ければ体力を消耗するだけだし、かといって反撃する隙も全然見当たらなかった。

夜凪《よなぎ》ノアの動きが目で追いきれないほどに加速しているのだ。

その瞳には自信があふれている。

かつて私が「愚鈍」と蔑んだ小娘はどこにもいなかった。

こいつはグズなのに。私よりも格下だったはずなのに。

どうしてこの私が圧《お》されているんだ――!?

「調子に……乗るなあああっ」

再び【刀光剣影《とうこうけんえい》】を発動。

すべてを影で呑《の》み込んでやろう。そう思って和花《のどか》を突き出したのだが。

「!?」

黒い髪がふわりと宙に舞った。

そこに現れたのは――驚愕《きょうがく》に目を見開いた制服姿の女の子。ちょっと自信がなさそうな目つきのヤマトナデシコだ。彼女はそのまま地面に落下して「きゃっ」と悲鳴をあげた。

かわりに私の手からは夜煌刀《やこうとう》が消え失《う》せていた。

おかしい。おかしい。接続礼式《せつぞくれいしき》はきちんとこなしているはずなのに。

何故《なぜ》、和花《のどか》は人間形態に戻ってしまったんだ――!?

その一瞬の困惑が致命的な隙となった。

目の前に逸夜《いつや》が――夜凪《よなぎ》ノアの攻撃が迫っているのを見た。

□

「がはっ……」

なんということでしょう。

確実に仕留めたと思ったのに、影坂《かげさか》ミヤはギリギリのところで体操選手のように身を捻《ひね》りました。狙いがわずかにずれ、逸夜《いつや》くんの先端はあいつの肩を抉《えぐ》るにとどまります。

鮮血が飛び散り、影坂《かげさか》ミヤは背後に大ジャンプして距離をとりました。

校舎の壁際《かべぎわ》にうずくまり、息を荒くして歯軋《はぎし》りをしています。

《夜煌刀《やこうとう》のほうはいい。どうせ何もできないだろうから》

「分かってます」

すぐ近くで腰を抜かしているのは黒髪ロングの女子高生。和花《のどか》と呼ばれていた夜煌刀《やこうとう》です。

私は彼女を無視して影坂《かげさか》ミヤのほうを見据えました。

「……知ってたのね。私の接続礼式《せつぞくれいしき》」

影坂《かげさか》ミヤは幽霊のようにゆらゆらと立ち上がります。

逸夜《いつや》くんの震動が伝わってきました。

《ウサギのぬいぐるみだろ。公園で見かけたものと同じだった。どういう仕組みなのかは知らないが、あんなものが学校を囲むように設置されていたら誰だって不審に思う》

「なるほどねえ。準備するのに時間がかかったのに……」

《だから劉《りゅう》さんに破壊しに行ってもらった。当たりだったようだな》

影坂《かげさか》ミヤは「ふふ」と笑います。

「その通り。私の接続礼式《せつぞくれいしき》は『複数のウサギのぬいぐるみで対象範囲を囲うこと』。その範囲の内側であるならば、自由に夜煌錬成《やこうれんせい》を発動することができる」

分かってしまえば何て簡単なのでしょう。

ウサギのぬいぐるみさえ移動させれば影坂《かげさか》ミヤは何もできないのですから。

私はごくりと唾を呑《の》み込んで、

「影坂《かげさか》ミヤ。降参してください」

「……は？　どーゆー意味？」

「本当に殺してしまうかもしれませんから……」

「…………」

影坂《かげさか》ミヤの口から吐息が漏れる。

私は地雷を踏み抜いてしまったのだと気づきました。

「——格下が！　粋がってるんじゃないわよッ！」

「待ってミヤさん！　大人しく負けを認めましょう……！」

「黙ってろ和花《のどか》ッ！」

影坂《かげさか》ミヤが竹箒《たけぼうき》を握って突貫してきました。あまりの気迫にたじろいでしまいましたが、逸《いっ》夜《や》くんの《しっかりしろ！》という叱咤《しった》激励で我に返ることに成功。

「あんたは引きこもってればいい！　古刀逸夜《ことういつや》も奪ってやる！」

「逸夜《いつや》くんとは契約を結びました。だから私のモノです」

「そんな契約——ぶっ壊してやるッ！」

影坂《かげさか》ミヤがバネのように飛び上がりました。

重力を味方につけて竹箒《たけぼうき》で突き刺そうとしてきます。

怖い。でも。今の私ならすべてを見切ることができる。

逸夜《いつや》くんを叩《たた》きつけると、竹箒《たけぼうき》は簡単に断ち切られてしまいました。影坂《かげさか》ミヤは使い物にならなくなった武器をすぐさま放り捨て、そのまま回転しながら蹴りを放ってきます。

「なんで……こんな……偶然逸夜《いつや》を拾っただけの雑魚《ざこ》に……！」

私は躊躇《ためら》いなく刀を振るいます。

激突。夜煌刀《やこうとう》から衝撃波のようなものがほとばしりました。

影坂《かげさか》ミヤの表情が崩れる。余裕たっぷりの雰囲気はボロボロに破壊され、そこに浮かび上がったのは純粋な恐怖の表情。

容赦をする必要はありませんでした。

だってこの人は、私をいじめ、学校の人たちを苦しめた悪者なのですから。

「こ……のぉ……っ！」

「これが——愛の力です」

刀を一閃《いっせん》。影坂《かげさか》ミヤはあっという間に逸夜《いつや》くんの斬撃に呑《の》まれ、身体《からだ》中を血塗《ちま》れにして、蹴られたボールのように吹っ飛んでいきました。

□

戦場のごとく破壊された学校。

校舎のほうでは人々の悲鳴、ざわめき、怒号が飛び交っている。

遠くからパトカーのサイレンが聞こえてきた。このまま待機していれば容疑者として連行されそうなため、俺とノアは気絶した影坂《かげさか》ミヤを担《かつ》ぐと、そのまま劉《りゅう》さんの車に向かってダッシュした。影坂《かげさか》ミヤの夜煌刀《やこうとう》、桜庭《さくらば》和花《のどか》は回収する暇がないため放置。

「早く乗れ。警察に目をつけられる前にな」

「出してください‼」

かくして劉《りゅう》さんの車が動き出し、影坂《かげさか》ミヤとの戦いは幕引きとなったのである。

だが、喜んでばかりはいられなかった。影坂《かげさか》ミヤは多くの人間をナマクラに変換した。ノアによれば、2年A組のほとんどが夜煌錬成《やこうれんせい》の餌食《えじき》となったらしい。

ナマクラになった人間は元に戻らない。

六花《ろっか》戦争《せんそう》で優勝し、天外《てんがい》を手に入れない限りは。

「――くそ。やられた」

俺は思わず舌打ちをしてしまった。

「俺のせいだな。俺がノアを裏切ったから学校に被害が出たんだ……」

「壊れた校舎や刀にされた皆は天外《てんがい》があれば元に戻ります。気にしないでください」

驚いてノアのほうを見る。

この少女はそんな割り切り方ができるのか――と思ったが、その両手は何かに耐えるように握りしめられていた。影坂《かげさか》ミヤと同族のくせして考え方が人間的すぎるのだ。

「くよくよしている暇はありませんよ。湖昼《こひる》ちゃんを助けるためにも、そして学校のみんなを復活させるためにも」

「本当に天外《てんがい》があれば元通りになるのか？　本当に願いを叶《かな》えられるのか……？」

「はい。お父様がそう仰《おつしや》ったので」

「でも、どういう願い方をすれば助けられるんだよ」

「『時間を巻き戻したい』とか、『六花戦争《ろつかせんそう》の被害を全部元通りにしたい』とか、そういう感じにすれば可能だと思います」

今はその言葉を信じるしかなかった。

俺たちは後悔を押し殺して先に進まなければならないのだ。残りの参加者を倒して優勝することができなければ、願いの内容を考えても捕らぬ狸《たぬき》の皮算用にしかならない。

後部座席には三人の人間が座っている。

運転席の後ろに俺、その隣にノア、さらにその隣に気絶した影坂《かげさか》ミヤ。

「――ノア。ごめん」

思っていたよりも震えた声になってしまった。

心からの謝罪、のつもりだった。

「本当にごめん。俺はお前のことを道具扱いしていた」

「ど、道具ですか」

「湖昼《こひる》を助けるための道具だ。でもそれは間違いだった。自分の願いを叶《かな》えるために他者を傷つけていいわけじゃないんだ――って。劉《りゅう》さんに言われて思い知った」

ルームミラーに映った劉《りゅう》さんは仏頂面《ぶっちょうづら》でハンドルを握っている。無言で会話に耳を傾けているようだ。俺は困惑気味のノアをまっすぐ見つめ、

「これからはお前と一緒にいる。べつに許してくれなくていい。虫のいい話だとは思うけど、せめて六花《ろっか》戦争《せんそう》で優勝するまで俺と協力してくれないか」

ノアはじっと俺の瞳を見つめていた。

やがて小さな唇がかすかに動く。

「もう誰にも誑《たぶら》かされないと誓いますか」

「ああ」

「もう私のそばから離れないと誓いますか」

「ああ」

ノアは「分かりました」と頷《うなず》いた。

「そもそも逸夜《いつや》くんが謝る必要はないのです。ぜんぶ影坂《かげさか》ミヤの策略だったのですから」

「違う。俺がお前を放置して学校を出たのは紛れもない事実だ」

「たとえそうだったとしても、逸夜《いつや》くんにも逸夜《いつや》くんの願いがあるのです。それだけ湖昼《こひる》ちゃんのことが大切だったんですよね？」

「でも……」

「そういう家族愛は本当に素敵だと思いますよ。だから逸夜《いつや》くんは素敵な人なのです」

「…………」

心が変形していく音がする。

俺は——俺は妹のためだけに生きてきた。

妹以外には心を揺さぶられることがないと思っていた。

それなのに。

「私は全然怒ってません。こちらこそよろしくお願いしますね、逸夜《いつや》くん」

ノアが頬を染めて笑う。

俺にはその笑顔を真っ向から受け止めるだけの度量がなかった。

太陽を直視したような気分で目を逸《そ》らしてしまう。

心臓に悪い、本当に悪い、どうして自分を裏切った人間にそんな顔ができるのか。

「――逸夜《いつや》くん？　どうしましたか？」

「な、何でもない。頑張ろう」

「はい」

また無邪気な笑顔。心臓が跳ねる。

俺は平常心を取り戻すために大きく深呼吸をして、

「……湖昼《こひる》。俺には湖昼《こひる》がいる。湖昼《こひる》……」

「あ、あの、大丈夫ですか？」

「湖《こ》昼《ひる》湖《こ》昼《ひる》湖《こ》昼《ひる》湖《こ》昼《ひる》湖《こ》昼《ひる》湖《こ》昼《ひる》湖《こ》昼《ひる》湖《こ》昼《ひる》湖《こ》昼《ひる》湖《こ》昼《ひる》湖《こ》昼《ひる》湖《こ》昼《ひる》……」

「逸夜《いつや》くん⁉」

俺はしばらく呪文のように「湖《こ》昼《ひる》湖《こ》昼《ひる》」と唱えておいた。そうしているうちに心が落ち着いてくる。ノアに誑《たぶら》かされてはいけないのだ。俺には大事な妹がいるのだから。

劉《りゅう》さんが「はァ」と呆《あき》れたように溜息《ためいき》を吐き、

「イチャイチャすんのも大概にしてくれ。聞いてるだけで痒《かゆ》くなる」

「い、いちゃいちゃしてませんっ！」

ノアが顔を赤くして反論した。俺は心頭滅却して窓の外を眺める。

とにもかくにも影坂《かげさか》ミヤの脅威は去った。残るナイトログは一人か二人。影坂《かげさか》ミヤを尋問し

た後は、最後の戦いに向けて準備をする必要がある——のだが、

(……駄目だ。ノアのことが頭から離れない)

別のことを考えようとしても彼女の笑顔が忘れられなかった。

子供みたいに無邪気な表情。何故《なぜ》か懐《なつ》かしい気配が感じられるから不思議だった。記憶の残《ざん》
滓《し》がどこからともなく現れ、強烈なデジャヴとなって訴えかけてくるのだ。

あの笑顔には見覚えがあるような、ないような……。

俺は以前、こいつと会ったことがあるのだろうか?

「あ」

ドラゴン亭が見えてきたところで劉《りゅう》さんが声をあげた。

「カルネと石木《いしき》忘れた」

「………………」

雑念がどこかへ飛んでいった。

それは。もしかして大問題なのではないだろうか。

ノアが身を乗り出して叫んだ。

「劉《りゅう》さんっ！　戻ってください！　カルネと水葉《みずは》は怪我《けが》してるんですっ！」

「向こうで手当てを受けてそうな気はするが……仕方ない」

「なるべく急いでくださいっ！」

　車が猛スピードでUターンした。俺は慣性の法則で窓ガラスに頭をぶつけながら、カルネと石木《いしき》についても思いを馳《は》せる。あの二人のことも駒としてしか見てなかったが、認識を改める必要があった。ノアの陣営だから——というわけではない。俺に対して好意的に接してくれているのだから、その思いに応えなければならないのだ。

「——ちょっ、劉《りゅう》さん⁉　赤赤赤！　赤信号ですよっ⁉」

「え？　悪い。見えてなかった」

「わあああっ！　いきなりブレーキ踏まないでください！」

「すまん。ペーパーだから慣れてないんだ」

劉《りゅう》さんはケラケラと笑う。影坂《かげさか》ミヤが椅子から転げ落ちて顔面を強打していた。

学校に着く前に死にそうな気がしてきた。

□

［夜ノ郷《ナイトピア》暦九九七年度　六花戦争《ろっかせんそう》　参加者］

夜凪楼《よなぎろう》・〝夜凪《よなぎ》ノア〟——生存

首崎館《しるしざきかん》・〝首崎《しるしざき》ナガラ〟——脱落（夜凪《よなぎ》ノアにより死亡）

苦条《くじょう》峠《とうげ》・〝苦条《くじょう》ナナ〟――脱落（骸川《むくろがわ》ネクロにより死亡）
骸川帳《むくろがわちょう》・〝骸川《むくろがわ》ネクロ〟――生存
獄呂苑《ごくろえん》・〝獄呂《ごくろ》ギロ〟――脱落（影坂《かげさか》ミヤにより死亡）
影坂堂《かげさかどう》・〝影坂《かげさか》ミヤ〟――脱落（夜凪《よなぎ》ノアに敗北し捕虜に）

「観自在菩薩行深般若波羅蜜多時……――」

とあるオフィス。キーボードをカタカタと叩《たた》いてプログラムの改修を行いながら、スーツ姿の男――骸川《むくろがわ》ネクロは念仏を唱える。

広々とした空間には様々な人間がいた。

骸川《むくろがわ》と同じようにＰＣで作業をしている者、ひっきりなしに鳴る電話の対応に追われている者、会議スペースで打ち合わせをしている者。よくあるＩＴ系企業の光景だった。

『いつまでそうしているつもりだい』

デスクの置かれたスマホから声が聞こえてきた。

画面に表示されている名は――〝夜凪楼《よなぎろう》〟。

「――……波羅僧羯諦菩提薩婆訶般若心経」

ぴたりと念仏を終える。骸川《むくろがわ》は「すまない」と謝罪をしてから告げた。

「仕事が忙しくてな。精神を統一するために経文読誦《どくじゅ》の一つや二つはしたくなる」

『お前は何故《なぜ》人間の会社に所属しているんだ』

「世を忍ぶ仮の姿。あるいは人間の生態を知るため。そして食《く》い扶持《ぶち》を稼ぐため——色々理由はあるが、このＳＥという職業は面白い。仏道修行に通ずるものがある」

オフィスは騒々しかった。

社員の一人が得体の知れない相手と通話していても気に留《と》める者はいない。

『——要件は何だ』

「夜凪《よなぎ》ノアを止めろ」

『止められない。ノアは優勝して天外《てんがい》を手に入れる。どうやらお前は小賢《こざか》しい策を弄していたようだが、何をやっても無駄なんだ』

骸川《むくろがわ》はソースコードをジッと眺めながら口を開いた。

「聞くところによると、夜凪楼《よなぎろう》の長女は当主から寵愛《ちょうあい》されていなかったそうだが」

『利用できるモノは何でも利用してやるさ』

六花戦争《ろっかせんそう》が始まって一カ月。

この間、骸川《むくろがわ》は夜凪《よなぎ》ノアを始末するために色々と策を練ってきた。首崎館《しるしざきかん》、獄呂苑《ごくろえん》、影坂堂《かげさかどう》、苦条峠《くじょうとうげ》——これら四者をけしかけることで夜凪《よなぎ》ノアを抹殺するという作戦だ。

しかし、そのすべてが失敗していた。

やつは首崎館《しるしざきかん》と戦っている最中、なんと生まれて初めて夜煌錬成《やこうれんせい》を成功させ、しかも破格の夜煌刀《やこうとう》を引き当てた。骸川《むくろがわ》が仕掛けるのがもう少し早ければ運命は違っていたのかもしれないが、それは言っても詮のないことである。

「此度《こたび》の六花戦争《ろっかせんそう》の景品は天外《てんがい》。夜凪楼《よなぎろう》に渡ることがあってはならぬ」

『私も最初は無理だと思ったさ。籤《くじ》でノアが参加者に選ばれた時も期待はしていなかった。だが、あの子は最後の最後で運命を手繰り寄せた。いくらでも掌《てのひら》を返そうじゃないか』

「あなたは──夜凪《よなぎ》ノアの母親のことを、本人に伝えているのかね」

『どうしてそんなことを聞く』

「気まぐれだ」

遠くで「骸川《むくろがわ》さーん」と同僚が呼んでいた。ニヤニヤしながら近づいてくる男が一人。

「下にお子さんが来てますよ。お弁当を届けに来てくれたみたいで」

「分かった。今行く」

「愛されてますね。羨ましいなー」

同僚は骸川《むくろがわ》の肩を叩《たた》いて去っていった。確かに今日は弁当を忘れた。わざわざ外に出てまで届けてくれる必要はないのに──骸川《むくろがわ》は呆《あき》れながら再びスマホに目を落とす。

「──とにかく。あなたに諦める気がないならば拙僧が諦めさせるまでだ」

『ノアを殺すつもりかい』

「手段はいくらでもある。天外《てんがい》は拙僧がいただく」

通話を切った。
天外《てんがい》は必ず骸川帳《むくろがわちょう》が回収しよう。
そのためだったら殺生《せっしょう》に手を染めることも厭《いと》わないが――
「――まずは古刀逸夜《ことういつや》だな。川で会った時に掠《かす》めておけばよかったか」
かくして六花戦争《ろっかせんそう》は終息に向けて激化していく。
狙われるのは、いつだって将よりも馬なのである。

3　家族と色々あるようで

「きみは私に恩がある」

はるか昔――

母は俺に対してそんなことを言った。

恩があったことは間違いない。どことも知れない宵闇の中で泣いていた俺を拾ってくれたのは、他でもない、古刀昼奈《ことうひるな》その人だったのだから。

「ううん、恩返しを求めているわけじゃないよ。私は損得勘定できみと家族になったわけじゃなくて、純粋にきみが愛《いと》しいからなんだ。でもね、もしきみが私のことも愛してくれているのなら、ちょっとお願いを聞いてくれないかい」

一人で寂しい思いは味わいたくなかった。だからこそ、俺に温かい住居や衣服、ご飯を与えてくれる恩人の願いはどんなことでも叶《かな》えてあげたかった。

俺はこくりと頷《うなず》いた。

「ありがとう。もしかしたら途轍《とてつ》もない重荷かもしれないけれど」

そんなことはない、と俺は首を振る。

母のためなら何でもする覚悟ができていた。

「そう。じゃあお願いなんだけど、妹の面倒を見てあげてほしいんだ。お兄ちゃんとして、あるいは家族として、温かく接してあげてほしい」

俺は再び頷《うなず》いた。そんなことはお安い御用だ。

しかし、今にして思えば、母はあの時点で自らの運命を悟っていたのだろう。

近いうちに自分が宵闇のかなたに消えてしまうという予感。あるいは予知。

だから湖昼《こひる》のことを俺に託したのかもしれない。

真相はよく分からない。

でも俺は、未《いま》だに母の思いを胸に秘めて生きている。

□

一日ぶりに訪れた学校は大変なことになっていた。

生徒たちは一時的に自宅待機を言いつけられたため、敷地《しきち》内をうろついているのは険しい顔をした警察の連中だけだ。ニュースでは不審者が爆発物を仕掛けたことになっているが、テロの疑いも含めて目下捜査中なのだとか。

2年A組はほとんどが姿を消してしまった。

俺とノア以外で無事だったのはたったの七、八人で、たまたま風邪をひいて休んでいた荻野《おぎの》誠《まこと》も含まれていた。今朝ＬＩＮＥが来ていたが、「信じられない」「逸夜《いつや》は大丈夫なの」とひどく取り乱した様子だった。

俺たちはすべてを終わらせなければならない。

天外《てんがい》を手に入れ、犠牲になった人々を助けなければならない。

だというのに——


「——着きました。意外と簡単でしたね」

俺たちは封鎖されている校舎に侵入していた。

場所は東棟三階の男子トイレ。

ノアは涼しい顔をしているが、教師や警察にバレたら大目玉を食うに違いなかった。

「本当にこんなところにあるのか？」

「はい。ここに夜ノ郷《ナイトピア》へ通じる入り口があります」

「どう見てもただのトイレなんだけど」

ノアが「逸夜《いつや》くん」と真剣な顔をして振り向いた。

「私のお父様に会うのですから、身なりや言葉遣いには気をつけてくださいね。ああほら、寝癖がついてます。ちょっとこっちに来てください」

「お、おう」

ノアが俺の髪をいじり始めた。しばらく悪戦苦闘していたが、ようやく納得のいく感じになったのか、満足そうに頷《うなず》いて一歩離れていく。

「これでよし」

「……まるで結婚の挨拶に行くみたいだな」

ピシリとノアが固まる。失言だったかもしれない。

くるりと踵《きびす》を返《かえ》し、上擦った声をあげた。

「そ、そうですね。まあ私たちは法律における婚姻関係よりも強い絆《きずな》で結ばれていますが」

「…………。……そうだな。俺とノアはパートナーだもんな」

「はい。では行きましょう」

ノアは振り返らずにずんずん男子トイレへと足を踏み入れる。

その小さな後ろ姿を眺めながら、俺はぼんやりと昨日の出来事を反芻《はんすう》する。

学校での戦いの後――

俺たちは捕らえた影坂《かげさか》ミヤを尋問にかけた。

やつは敗北を悟った途端にしおらしくなり、無理に抵抗することをやめた。しぶしぶといった態度は貫き通しているものの、こちらの質問にも一つ一つ答えてくれたのである。

彼女曰《いわ》く、「古刀《ことう》湖昼《こひる》のことなんて知らない」。

「嘘《うそ》は言ってないだろうな」

「この状況で嘘《うそ》なんか吐いてもしょうがないでしょ？　今まで夜煌錬成《やこうれんせい》した人間は全員覚えて

いるもの。そこの白髪小娘と違って脳味噌《のうみそ》が大きいからね。……で、その中にあんたの妹と特徴が合致する人間はいないってわけ」

「逸夜《いつや》くん、騙《だま》されないでください。影坂《かげさか》ミヤは嘘《うそ》ばっかり吐く女の子です」

「だから、この状況で嘘《うそ》は言わないでしょうが！　こっちは縛られてんのよ？　ジメジメした場所に閉じ込められて、刑務所のメシよりもまずい中華料理を食べさせられてんのよっ？」

場所はドラゴン亭の倉庫の奥である。

影坂《かげさか》ミヤの身体《からだ》はロープでぐるぐると縛られており、しかも手錠で壁につながれていた。夜《や》煌刀《こうとう》を持たないナイトログに脱出するすべはない。

「……うちの母さんに会ったことがあるっていうのも嘘《うそ》なんだな？」

「もちろん、あんたを信頼させるためのデタラメよ」

「その情報はどこから仕入れたんだ？　あの人は本当にそういうことをしそうな人だった。キモい生物のキーホルダーを集めるのも趣味だったしな」

「あー……」

影坂《かげさか》ミヤは面白くなさそうに視線をそらした。

「それは骸川帳《むくろがわちょう》よ」

「骸川帳《むくろがわちょう》？　骸川《むくろがわ》ネクロのことか……？」

「あいつは他の参加者に協力を持ちかけてたのよ。一緒に夜凪《よなぎ》ノアを殺さないかって。私は利用してやるつもりで乗ったんだけど、その対価として渡されたのが逸夜《いつや》を陥落させるための情報――つまり古刀昼奈《ことうひるな》のパーソナルデータってわけ」

何だそれは。何故《なぜ》あの男がそんなことを知っているのか。

「私はそれを利用してあんたの心につけこんだ。でも失敗しちゃったわね、甘かった。ギリギリのところで裏切られるとは思ってもいなかったわ」

「逸夜《いつや》くんは私の愛刀ですから」

「……そのドヤ顔ムカつくんだけど？　死にたいの？」

ノアがビクリと震えて俺の背後に隠れた。

骸川《むくろがわ》ネクロ。やつは何か重要なモノを握っている気配がある。古刀昼奈《ことうひるな》との関係。ノアを狙う理由。そしてあいつ自身の能力――

「――ノア様！　大変ですっ！　夜凪楼《よなぎろう》のお父様が呼んでますよ！」

メイドが倉庫に転がり込んできた。

頭部に包帯が巻かれているのが痛々しかったが、そんなことなどお構いなしといった感じの元気さである。カルネは影坂《かげさか》ミヤを一瞥《いちべつ》すると、猛烈な勢いでノアへと接近し、

「手紙が届いていたんです、ほら！　はやく夜ノ郷《ナイトピア》へ行ってください！」

「え、な、何で……!?」

「ノア様が頑張ってきたことへのご褒美《ほうび》と、骸川帳《むくろがわちょう》についての情報だそうです！　影坂《かげさか》ミヤ

の拷問は私がやっておきますので、ノア様と古刀《ことう》さんは準備をしてください！」

「まだ拷問するの⁉」

絶叫する影坂《かげさか》ミヤ。パチパチと瞬《またた》きをするノア。

こうして俺とノアの夜ノ郷《ナイトピア》行きが決定したのである。

□

「私がこの学校に通っている理由——それは『お母様の思い出の地だから』というのもありますが、ここに夜凪楼《よなぎろう》が管轄する昼扉《ひるとびら》があるからなのです。それまでは屋敷《やしき》の使用人が管理していたのですが、今年の四月から私が引き継ぐことになりました」

「昼扉《ひるとびら》……って何だ？」

「こっちです」

ノアは俺の腕を引っ張って連行した。

何の変哲もない男子トイレの風景だった。

「トイレだが？」

「トイレです。そこを見てください」

奥から二番目の個室。その内部に、もやもやとした薄膜のようなものが浮かんでいた。高さは俺の身長より少しあるくらいで、奥の便器をぼんやり見透かすことができる。

「夜ノ郷《ナイトピア》と昼ノ郷《デイトピア》をつなぐ空間のひずみ――昼扉《ひるとびら》です」

ノアは得意げに薄膜に触れた。

無数の波紋が走り、その表面がゆらゆらと揺れる。

「普通の人間には知覚することすらできませんが、ナイトログや夜煌刀《やこうとう》なら利用できます」

「これ、呪法《じゆほう》ってやつ？」

「いいえ、自然現象です。世界にはこういう昼扉《ひるとびら》がいくつも存在しています。ここにあるものは私の実家、夜凪楼《よなぎろう》付近につながっているものですね」

俺は固唾を呑《の》んでその扉を見つめた。この先に異世界が広がっているとは到底思えなかったが、ノアがそう言うなら信じる価値がある。バイアスを捨てて受け入れよう。

「夜凪楼《よなぎろう》に行ってお父様に会いましょう。ちょっと気難しい方なので注意が必要かもしれませんが……、でも！　逸夜《いつや》くんを認めてもらえるように私も頑張りますっ」

「本当に結婚の挨拶みたいだ……」

「と、とにかく行きましょう。日常から乖離《かいり》した夜の世界へ」

ノアは俺の手を取ると、軽やかに一歩踏み出した。

その姿が水彩絵の具のようにぼやける。俺の身体《からだ》も薄膜に吸い込まれ、視界が一気に暗転した。鬼が出るか蛇が出るか。いずれにせよ覚悟を決めなければならない――心臓の高鳴りを感

じながら未知の世界への期待を膨らませていた時、

「着きましたよ」

「え？」

覚悟を嘲笑《あざわら》うような呆気《あっけ》なさだった。

そうして俺は、自分が不思議な街にぽつんと立っていることに気づく。

まず感じたのは暗さだ。さっきまで真っ昼間だったというのに、いつの間にか夜の帳《とばり》が下りていて、金平糖のような星々が空に散らばっている。ただし、その星座は俺の知るものとはずいぶん異なっており、頭の中で線を描いても見知った形を作ることはできなかった。

街は石造りで、ヨーロッパとかにありそうな尖塔《せんとう》もちらほら見えた。地面は石畳、その上を馬車が走っている。かと思えば、すぐそこにある『ヨウコソ・呑《の》ミ放題』の看板はどう見ても日本語だ。道行く人々の服装はどちらかといえば洋風で、マントやガウンを装着している者が目立っている。彼らは突如として現れた俺たちに奇異の視線を向けていた。

「――逸夜《いつや》くん。気持ち悪くなったりしてないですか」

宵闇に純白の妖精が浮かんだ。

すぐ近く、昔のガス灯みたいな街灯の近くにノアが立っている。

「たまに酔う人もいるそうなので。もし変な感じがしたらすぐに言ってくださいね」

「心配してくれるのか？」

「はい。あなたは大切な方ですから」

ちょっとドキリとしてしまった。駄目だ。俺には湖昼《こひる》がいるんだ。湖昼《こひる》湖昼《こひる》湖昼《こひる》。

「それにしてもすごい場所だな。意外と人、いやナイトログもいるし……」

俺は気を紛らわせるために周囲を見渡した。おかしな点はいくつもあるが、一番おかしいのは突然夜になってしまった点だ。スマホの時刻は午後二時を示しているというのに。

「あまり通行人と視線を合わせないでくださいね」

「ああ……」

街角のあらゆる物陰から赤い瞳がこっちを見ている。

俺が振り返ると何でもないように視線を逸《そ》らすが、興味や好奇心、あるいは悪意のようなものが隠しきれていない。サバンナの草食動物にでもなった気分だ。

「こいつら、人を襲うバケモノなんだよな……？」

「一般的なナイトログは夜煌刀《やこうとう》を持っていません。昼ノ郷《デイトピア》への渡航制限もされていますから、夜煌錬成《やこうれんせい》をする機会にもなかなか恵まれないのです。逸夜《いつや》くんのような存在は珍しく感じられるのでしょうね」

「大丈夫なのか？」

ノアは「大丈夫です」と微笑《ほほえ》みを浮かべた。

「私と一緒にいれば手出しはできません。この街を治めているのは夜凪楼《よなぎろう》。その跡取りである私の私物に手を出せば、夜凪楼《よなぎろう》を敵に回したも同然ですよ。待っているのは破滅です」

「ありがとう。心強いな」

「……はい。行きましょう」

ノアはゆっくりと俺に手を伸ばし――結局引っ込めてしまった。

そのまま気を取り直すように歩き始める。

手を握っておけばよかったか、と少し後悔した。

□

街の中央部に屹立《きつりつ》しているのは、昔のＲＰＧのラスボスが住んでいそうな城だった。

夜凪楼《よなぎろう》――この辺りを治める貴族であり、ノアの実家だ。夜ノ郷《ナイトピア》における貴族家系・常夜《とこよ》八《はち》十一爵《じゅういっしゃく》の一角であり、序列は二十一位らしい（それがどれだけすごいのか分からないが）。

絢爛豪華《けんらんごうか》な門の下で来意を告げると、そのまま応接室らしき場所に案内された。

「お帰りなさいノア。六花戦争《ろっかせんそう》の調子はどうかね」

待っていたのは、ノアとよく似た白い髪の男だった。

年齢は三十代半ばくらいだろうか。貴族らしい華やかな刺繡《ししゅう》の衣装に身を包んでいる。刃物を思わせる紅色の双眸《そうぼう》と、奇妙にゆったりした物腰が印象的だった。

俺はノアの耳元でこっそり尋ねた。

「この人がノアの……？」

「そ、そうです。私のお父様ですっ。夜凪楼《よなぎろう》の主にして、常夜《とこよ》八十一爵《はちじゅういっしゃく》の中でも一目置かれる存在で、ステージ5の夜煌刀《やこうとう》を持つ最強のナイトログで……」

「何でそんな緊張してるんだ？」

「してません。私はいたって平静です」

どう見ても平静ではない。頬をたらりと汗が伝っていくのが見えた。

不意に夜凪楼《よなぎろう》当主が怪訝《けげん》な視線を向けてきた。

「――ノア？　何か問題でも？」

「い、いえ。六花《ろっか》戦争《せんそう》はとっても順調です。すでに紅玉《こうぎょく》は四つ集まりました。あとは骸川帳《むくろがわちょう》を倒すだけですっ……」

「そうかそうか。それは重畳だ。ノアはやればできる子だと思っていたよ」

「…………！」

夜凪楼《よなぎろう》当主は慈愛に満ちた笑みを浮かべていた。ノアやカルネに聞いていた印象とはちょっと異なる。もっと冷酷で人間味のないバケモノかと思っていたのに。

不審に思ってノアを振り返ってみると、

何故《なぜ》かノアは目元を擦っていた。

泣いているのだ。

「ど、どうしたんだ……!?」

「お、お父様に認められたのが、嬉《うれ》しくてっ……」

ぽろりとこぼれた涙をハンカチで拭う。

夜凪楼《よなぎろう》当主は「泣くのはやめなさい」と優しい声をかけた。

「まだ優勝が決まったわけではないよ。油断をしていたら栄光は遠ざかっていく」

「はい……」

「でもノアならできるさ。私の娘なのだからね」

「はい……!」

ノアは感動に打たれて背筋を伸ばしていた。

素直に喜んでいいことなのか、俺には判断がつかなかった。カルネや石木《いしき》曰《いわ》く、ノアは小さい頃から虐《しいた》げられてきた。この夜凪楼《よなぎろう》当主だって、ノアのことは歯牙《しが》にもかけていなかったという話だ。夜煌刀《やこうとう》を手に入れて活躍し始めたから掌《てのひら》を返すなんて――

「――ところで、そこのきみはどちら様だい？」

「あ、こ、この人は逸夜《いつや》くんですっ。彼のおかげでここまで勝ち進むことができました」

「なるほど。きみが。そうかそうか」

「銘は〈夜霧〉です。そして〈夜霧〉の呪法《じゅほう》は【不死輪廻《ふしりんね》】といって、どんな傷でも治すことができてしまう最強の力なんです。これさえあれば骸川帳《むくろがわちょう》も敵ではありません」

夜凪楼《よなぎろう》当主の目が細められていった。値踏みをするような視線。

「強い夜煌刀《やこうとう》は強いナイトログに引き寄せられるという。ノアの本質が強い子だったということの証明だね」

いよいよノアの喜びは頂点に達してしまったようで、顔を赤くして「そうでしょうか……」と照れ始める。それはさておき、俺はこの人に聞きたいことがあった。

「夜凪《よなぎ》さん。最後の敵、骸川帳《むくろがわちょう》について教えてくれるんですよね」

「いかにも。ただ……その前に私はきみと一対一で話がしてみたい。準備が終わったら呼ぶから、それまで客室で休んでいてくれたまえ」

壁際《かべぎわ》で控えていた使用人が近づいてくる。

俺とノアはそのまま客室へと導かれていった。

□

「嬉《うれ》しいです。お父様に褒められちゃいました……」

ノアは高級そうなプリンを食べながら、夢が叶《かな》った少女のように呟《つぶや》いた。

客間にいるのは俺とノア、そして壁際《かべぎわ》でジッと待機している使用人だけ。

ふかふかのソファ、マホガニーのテーブル、美術館にありそうな西洋絵画――どこを見ても贅《ぜい》の限りを尽くしたようなモノであふれている。この城で育ったノアは気にも留《と》めていないようだが、一般庶民の俺にはどこか窮屈な空間だった。

「泣くほどか？　ちょっとびっくりしたぞ」

「泣いてません。目にゴミが入っただけです」

「それならいいが」

「だけど……」

「ん？」

「逸夜《いつや》くんには話しておきたいと思います。ちょうど二人きりですし……」

ノアは血のような色をした瞳で俺を見つめ、

「お気づきでしょうが、私は優れたナイトログではありません。小さい時から何をやってもダメダメで、夜凪楼《よなぎろう》ではずっと肩身の狭い思いをしてきました。コミュ力もありませんし」

「お父さんは期待してる感じだったけど？」

「いえ、お父様は私のことを『いらない子』だと考えていたはずです」

「そんなことあるかよ」

「……実は。これは秘密にしてほしいことなのですが。絶対に誰にも言わないでいただけると助かるのですが……私は、嫡出の子ではないんです」

俺は心の中で謝った。その情報はすでに石木《いしき》から教えてもらっている。

「私は長女なのですが、お母様が平民だったので、夜凪楼《よなぎろう》における夜凪《よなぎ》ノアの地位は非常に微妙でした。しかもダメダメなナイトログでしたし……それでも三年前まではマシだったのですが、その頃に弟が生まれまして。お父様的にはあの子が本命なんです」

「ノアはもう用済みってことなのか……」

小さな身体《からだ》が固まった。さすがに言葉が無遠慮すぎた。

「ごめん」

「……いいんです。分かってます。分かってるから六花《ろっか》戦争《せんそう》に参加してるんです。優勝できればお父様に認めてもらえますから。家族として私を迎え入れてくれるはずですから」

ノアはふにゃっと笑った。

「逸夜《いつや》くんには感謝しています。おかげで未来が明るくなりました」

「そうだな。でも――」

別にあの男に認めてもらう必要はないだろうに。

その言葉は寸前で呑《の》み込んだ。ノアの努力を否定する権利はない。

俺がなすべきことは、ノアの刀としてノアの願いを叶《かな》えてやることだけだ。

「――古刀《ことう》逸夜《いつや》様。当主がお呼びです」

扉が開いて別の使用人が現れた。俺は慌てて立ち上がる。ノアは慌てて立ち上がりながらプリンを食っていた。おい。

「行きましょう逸夜《いつや》くん。骸川帳《むくろがわちょう》の対策方法が分かるかも」

「ああ。いやプリンは置けよ」

「いえノア様」

しかし使用人がノアの前に立ちはだかった。

「当主は古刀逸夜《ことういつや》様お一人でお越しいただくようにと仰《おっしゃ》いました。ノア様はこの部屋でお待ちください」

結局、ノアは客室で待機することになった。最初は「大丈夫ですか逸夜《いつや》くん」と心配そうな顔をしていたが、使用人が新しいプリンを持ってくると、俺のことなんてそっちのけでむしゃむしゃ食い始めた。何なんだこいつは。

□

「――骸川《むくろがわ》ネクロの接続礼式《せつぞくれいしき》は『般若心経《はんにゃしんぎょう》を読誦《どくじゅ》すること』だ。唱え終わってから約三十分間だけ夜煌刀《やこうとう》を起動することができる」

応接室に入って椅子に腰かけるなり、夜凪楼《よなぎろう》当主は出し惜しみせずに教えてくれた。てっきりもっと面倒な前置きがあるのかと思っていたので拍子抜けである。

「とはいえ、私が知っているのはそれだけさ。やつの夜煌刀《やこうとう》がどんな呪法《じゅほう》を持っているのかは知らないいし、そもそも夜煌刀《やこうとう》が一振りとも限らない」

「骸川《むくろがわ》ネクロと知り合いなんですか？」

「同じ常夜《とこよ》八十一爵《はちじゅういっしゃく》だからね。昔から顔を合わせることが多いのさ。それより――」

夜凪楼《よなぎろう》当主は不気味に笑って言った。

「私はきみに用があるんだ。話を聞いてくれるかね」

「六花戦争《ろっかせんそう》で勝ち抜くための作戦会議なら」

「もはや我が陣営の勝利は揺るがない。ノアの戦いはずっと見学させてもらっているが、この調子ならば問題ないはずだ」

「ノアを高く買っているんですね」

「きみを買っているのさ。【不死輪廻《ふしりんね》】を用いれば、骸川《むくろがわ》を倒すことも難しくはないだろう」

ねっとりした視線がまとわりついてくる。思わず身震いをしてしまった。

「ナイトログとは闇に潜むモノ、その本質は飽くなき闘争心だ。ゆえに我々は戦わなければならない。自分の手で敵を打ち破った時だけ快楽物質を得ることができるのさ。だからその助けとなる夜煌刀《やこうとう》は大事なんだよ」

「そうですね。影坂《かげさか》ミヤもそんなことを言ってました」

「ナイトログは強い夜煌刀《やこうとう》に惹《ひ》かれる。強い夜煌刀《やこうとう》は持っているだけでステータスになる。きみのような特異な呪法《じゅほう》を持つ逸品となれば、なおさらだ」

「何が言いたいんですか」

「私のモノにならないか」

拳をぎゅっと握る。やはりこの男も影坂《かげさか》ミヤと性質は変わらない。

「きみはステージ6に至る素質がある。私のもとで研鑽《けんさん》を積めば、やがて史上最強の夜煌刀《やこうとう》としてその名を歴史に刻むことになるかもしれない」

「……俺はノアにしか使えないはずですよ？」

「それは所有権がノアにあるからだ。私に移せば何も問題はない」

「所有権を移譲するためには現在の使い手が死ぬ必要があると聞きました。それとも別の方法があるんですか？」

「別の方法はないな」

「じゃあ——」

「ノアが死んだら私のモノになればいい」

絶句した。夜凪楼《よなぎろう》当主の目には冗談の色が一切浮かんでいなかったからだ。

「ノアには六花戦争《ろっかせんそう》で優勝してもらう予定だが、天外《てんがい》を手に入れた後は用済みだ。もともと始末する予定だったから文句を言われても困るよ。六花戦争《ろっかせんそう》などは棚から牡丹餅《ぼたもち》だったんだ」

「何を、言ってるんだ……？」

「ひどいことのように思えるかもしれないが、これは仕方のないことなんだよ。ノアは愛人に生ませた子なのさ。正統な跡継ぎではないのだ。ましてや夜煌錬成《やこうれんせい》もろくに使えない間抜けとくれば、目をかけてやるほうが道理に反している」

血が沸騰していくような気分だった。

やはり――やはりカルネの言っていたことは本当だった。この男はノアに少しも愛情を注いでいない。それなのにノアはこの男を信じて頑張っている。

「私がしばらくあれを生かしておいた理由は、あれにしか成し得ぬことを期待していたからなのだが――それも期待外れに終わった。今年の四月で彼女は十五歳になったから、本当はその時に処分する予定だった。ナイトログは十五で成人扱いだからね。でも常夜神《とこよがみ》のイタズラか何なのか、あの子は籤《くじ》で六花戦争《ろっかせんそう》の参加者に選ばれてしまった。本人がどうしても出たいって言うから延命させてあげたにすぎないのだよ」

すでに怒りを通り越し、戸惑いのほうが強くなっていた。

さっきノアに向けた笑顔も演技だったのか？

ノアは涙をこぼすほど喜んでいたのに？

「六花戦争《ろっかせんそう》が終わった後は、予定通りに処分しようと思っている。跡継ぎも用意してあることだしね。きみもあんな娘に肩入れするのはやめて、私のモノになるがいい。そうすれば望むものは何でもプレゼントしてあげよう」

ようやく分かった。

ノアやカルネが例外なだけで、ナイトログとはこういう生き物なのだ。自分の利益のためなら他者を傷つけることも厭《いと》わない怪物。こんなやつらの思い通りにはなりたくなかった。

「お前のモノにはならない」

夜《よ》凪楼《なぎろう》当主は「ほう」と面白そうに笑う。

「そんなにノアの隣がいいのかい」

「当たり前だ。あいつは俺の使い手なんだよ」

「まあ、ノアが処分された後はフリーだ。——なぁに、穏便にすませるから安心したまえ。夜《や》煌刀《こうとう》は暴力的な扱いをすれば使い物にならなくなってしまうからね」

俺は踵《きびす》を返《かえ》して歩き始める。無駄な忠告が飛んできた。

「言っておくが、きみが最大の幸福を享受する方法は私のモノになることだよ。夜《や》煌刀《こうとう》にとっての幸せとは優れたナイトログに使われること。そうであってこそステージ6の高みに至ることができる——」

もちろん無視した。

すでに方針は決まっているのだ。ノアと一緒に戦って——骸川《むくろがわ》を倒し、六花《ろっか》戦争《せんそう》で優勝し、天外《てんがい》を手に入れ、妹を取り戻し、犠牲になったみんなも取り戻し、

（ノアをあいつのもとから引き離す）

そうすれば大団円だ。

□

それから三日ほど経《た》った。

この間、骸川《むくろがわ》ネクロは目立った動きを見せなかった。ドラゴン亭に襲撃を仕掛けてくることも考えて迎撃の準備をしているのだが、その成果が発揮される気配は未《いま》だにない。

ノアは父親に激励されて以降、「何が何でも優勝してやります」と張り切っていた。

その頑張りが報われることはないのだが、真実を伝える気はなかった。

ノアに余計な悲しみを背負わせる必要はない。

とにもかくにも、六花《ろっか》戦争《せんそう》が進まない限りはどうにもならなかった。

俺たちはドラゴン亭でしばらく雌伏の時を過ごしている。


「——ああもう！　まどろっこしいわね！」

木曜日。相変わらず客の姿は全然ない。

俺はカウンター席でぱらっぱらのチャーハンを口に運びながら、隣で箸の扱いに四苦八苦している金髪少女を盗み見た。影坂堂《かげさかどう》——影坂《かげさか》ミヤは、いかにも中華料理店っぽいチャイナドレスに身を包んでラーメンをつまんでいた。

「箸、苦手なのか？」

「それもあるけど！　あんたらの動きがまどろっこしいって言ってるのっ」

もぐもぐラーメンを咀嚼《そしゃく》しながら影坂《かげさか》は激昂《げきこう》する。

「あと一人なんでしょ？　どうしてこっちから仕掛けないの？　六花《ろっか》戦争《せんそう》が終わらないせいで私はずーっとこのオンボロな中華料理店に囚《とら》われてるのよ⁉　あの劉《りゅう》ナントカっていう女の料理は食べ飽きたわ！　影坂堂《かげさかどう》のシェフが作ったディナーが食べたい！」

「んなこと言われても、敵の居場所が分からないし。なあ石木《いしき》」

「骸川帳《むくろがわちょう》は慎重だからねえ」

ちょっと離れたテーブル席で石木《いしき》がＰＣをいじっている。影坂《かげさか》との戦いで怪我《けが》をしたようだが、カルネと違って擦り傷程度だったので治ってしまっていた。

「街の監視カメラを洗ってるけど、影も形も見えないね。そういう呪法《じゅほう》なのか、単純に変装しているのか、そもそも外に出ていないのか——やっぱりナイトログってのは正体隠してなんぼだよね。どこかの誰かさんみたいに目立ってるようじゃダメダメだ」

「は？　それって私のこと言ってるの？」

「べつに？　でもあんた、影坂堂《かげさかどう》の当主サマに怒られたんでしょ？　あんな派手に暴れてどうしてくれるんだ、しかも負けやがって、みたいな感じで。そのせいでしばらく家の敷居《しきい》が跨《また》げなくなったらしいじゃん。バカだよねー、いいザマだよねー」

「この夜煌刀《やこうとう》――」

「落ち着け」

立ち上がりかけた影坂《かげさか》の腕をつかんだ。「うっ……」という視線が俺に向けられた。

「暴れたらどうなるか分かってるよな？」

「わ、分かってるわよ。私は捕虜だもんねっ」

影坂《かげさか》はしぶしぶといった様子で腰を下ろした。

彼女の首には黒々としたチョーカーが嵌《は》められている。

劉《りゅう》さん曰《いわ》く「スイッチを入れると問答無用で電流が流れる拷問器具」で、倉庫から出してやるかわりに装着を義務づけられたのだ。ちなみに彼女は「家を追い出されてお金がない」という理由でドラゴン亭のアルバイトになった。

「まさか私がこんなヒドイ目に遭うなんてね。悪夢のような気分だわ」

「諦めろ。運が悪かったんだ」

「……逸夜《いつや》、骸川帳《むくろがわちょう》は強いわよ」

影坂《かげさか》が何故《なぜ》かニヤリと笑って言った。

「まあ私ほどじゃないけれど、それでも夜凪《よなぎ》ノアが勝てるかどうかは分からないくらいに強いわ。もし夜凪《よなぎ》ノアがくたばった時、私のモノにならない？」

「ならない」

「え～？　悪くない提案だと思うわよ？」

つつー……――と細い指が俺の首筋をなぞっていった。思わず固まる。

「あんたが夜凪《よなぎ》ノアに肩入れしているのは分かるけど、でも、あいつの本質は引きこもりよ。それに比べて私はあいつよりもはるかに強い。しかも影坂堂《かげさかどう》の嫡流だから、将来性もじゅうぶん。もし私のモノになってくれたら、永遠の繁栄と悦楽を約束してあげるわ」

「い、嫌に決まってるだろ。モノ扱いなんて」

「あーそっかぁ。人間ってそうだよね。じゃあモノじゃなくてナイトログとして見てあげる。私のパートナーになってよ♡」

甘ったるい猫撫《ねこな》で声《ごえ》。背後の石木《いしき》が「オエエ」と吐く真似《まね》をした。影坂《かげさか》の目論見《もくろみ》は考えなくても分かる、ようするにこいつは俺を懐柔しようとしているのだ。色仕掛《いろじか》けとかで。

「あら？　満更でもなさそうね？　拒否しないなら契約成立ってことでＯＫ？」

「俺は人間だぞ？　ナイトログとそういう関係にはなれないだろ」

「あーそれ」

影坂《かげさか》は少し考える素振りを見せた。

「……本当はナイトログって人間を好きになれないんだけどね、恋愛的にも性愛的にも。人間を恋人にしようとするやつなんて、鉛筆とか消しゴムに欲情するレベルの変態よ」

「お前もそうなのか？」

「違うわ、あんたが例外なの。ナイトログを引き寄せる奇妙な力を持っているっていうのもあるけれど、それよりも……」

影坂《かげさか》ミヤはふと真顔になる。すぐに妖艶《ようえん》な笑みを浮かべた。

「何でもないっ！　とにかく魅力的なのよ——今この場で奪っちゃおうかしら？　ちょうど五月蠅《うるさ》い夜凪《よなぎ》ノアもいないことだし」

何故《なぜ》か首に腕を回される。瑞々《みずみず》しい唇がゆっくりと近づいてくる。

さすがに慌てた。まさかこいつ、こんなところでキスするつもりなのか——
ド　ン　ッ!!
「うわっ」

目の前にどんぶりが降ってきた。

汁が飛び散り、影坂《かげさか》が「あっつぅー!!」と悲鳴をあげて飛びのいた。

いつの間にか、ほかほかと湯気を立てる醬油《しょうゆ》ラーメンがそこにあった。

「……バイト中に何やってるんですか。サボらないでください」

無表情のノアが背後に立っていた。

学校の制服ではなく白いチャイナドレスを着ている。カルネの考え出した必勝の集客方法である。曰《いわ》く、「可愛《かわい》い衣装の店員さんがいればタチマチ大人気ですよっ！」とのこと。いくら衣装が可愛《かわい》くても雰囲気が険悪ならば客は来ないと思う。

「なに？　嫉妬？　私は落としモノを拾おうとしただけなんだけど？」

「落としてません。私のモノです」

「名前でも書いてあるのー？　書いてないでしょ？　ちなみに私はこないだキスしてマーキングしたわ、だから古刀逸夜《ことういつや》はいずれ私のモノになるの」

「私に負けたざこのくせに……」

「ぴ。ャ」

何かがキレる音がした。あっという間にハブとマングースのような争いが始まった。影坂《かげさか》が箸を投げたのを皮切りに、服を引っ張ったり、髪を引っ張ったり、どんぶりを引っくり返したりの大騒ぎ。ＰＣに唐辛子をぶちまけられた石木《いしき》が断末魔の絶叫をあげるのを聞いた瞬間、俺は慌てて店の奥へと避難した。あんなのに巻き込まれたらタダではすまない。

「何やってんだ、あいつら」

「劉《りゅう》さん」

厨房《ちゅうぼう》から劉《りゅう》さんが現れた。客が来ないので新聞を読んでいたらしい。

「あーあー……また散らかしやがって。バイト代から差っ引いてやらんとな」

「劉《りゅう》さんって夜凪楼《よなぎろう》のこと詳しいんですよね」

「ん？　まあな。前にも言ったけどウチは夜凪楼《よなぎろう》専門だから」

「じゃあ、当主がノアをどうしようと思っているのかも知ってますか」

「処分しようとしてるんだろ」

劉《りゅう》さんはあっけらかんと言った。さすがに戸惑ってしまった。

「いや、どうしようもないことなんだ。ただの人間にあいつは止められないよ。そりゃもちろんふざけた話だとは思うが、夜ノ郷《ナイトピア》のごたごたに首を突っ込むことはできない」

「それでいいんですか」

「よくない。だが物理的にどうにもならない。ノアの父親——夜凪《よなぎ》ハクトはナイトログの中でも上位の戦闘能力を誇っている」

劉《りゅう》さんは何故《なぜ》か昔を懐《なつ》かしむように天井を見上げ、

「もう十五、六年前になるかな。当時もこの辺りで六花《ろっか》戦争《せんそう》が行われていて、まあ主なバトルフィールドは隣町だったんだが、夜凪《よなぎ》ハクトも参加していたんだ。ちなみにノアと同じようにこのドラゴン亭に下宿していた」

「そ、そうだったんですか⁉　結果は……」

「もちろんあいつの優勝だよ。しかも六花《ろっか》戦争《せんそう》が始まってからたったの一週間。あいつ自身が他の参加者を全員殺して回ったんだ」

「えぇ……」

「それだけやつは強いってことだ。あたしがしゃしゃり出ても殺されるに決まってる。あいつをどうにかしたいなら、天外《てんがい》を手に入れるしかないな。期待しているぞ、古刀《ことう》」

では最初からやるべきことは変わっていない。

俺たちは骸川《むくろがわ》を倒して天外《てんがい》を手に入れなければならないのだ。

「……あの、夜凪《よなぎ》ハクトの能力って分かったりしますか？」

「うーん……あいつが持っている中でも最強なのは、ステージ5の〈忘恩《ぼうおん》〉だろうな。詳しいことは分からんが、人間の精神をどうにかする呪法《じゅほう》を持ってるらしい」

その〈忘恩《ぼうおん》〉については後でノアに聞いておこう。

「――しかし、今思い出したんだが、」

劉《りゅう》さんがジッと俺の顔を見て言った。

「〈忘恩《ぼうおん》〉の苗字《みょうじ》も〝コトー〟だったな」

「え？」

「いや、お前と関係があるのか知らんが。〝コトーヒルナ〟って名前だよ。知ってるか？」

脳が溶けていくような気分。

この人は何を言っているのだろう。

「そいつもウチに宿泊してたんだ。無口なやつだったから、ろくに話した覚えもないが……」

「当時の写真とか残ってないですか」

「残ってない。あの時の六花《ろっか》戦争《せんそう》は戦いの連続だったからな、記念写真を撮っているような暇はなかったんだ——ってお前らいつまでやってんだ！　威力業務妨害で逮捕すっぞ！」

劉《りゅう》さんが絶賛大ゲンカ中の二人に近づいてく。

コトーヒルナ。古刀昼奈《ことうひるな》。俺の母親——なのだろうか。同姓同名というのは考えにくい。そういう不思議な名前を持っている人間がこの街に何人もいるとは思えない。

母が昔の六花戦争《ろっかせんそう》に参加していた？

しかも夜凪楼《よなぎろう》当主の夜煌刀《やこうとう》として？

分からない。分からない。わけが分からない——

「——逸夜《いつや》くんっ」

ノアの大声に思考を爆破された。

俺の手をぎゅっと握り、耳まで真っ赤にしながら、

「でーと!!　しましょう!!」

「え？」

「でーとです!!　影坂《かげさか》ミヤに見せつけてあげるんですっ。私と逸夜《いつや》くんが相性ぴったりのパートナーだっていう証拠を……」

遠くで悲鳴があがった。チャイナドレスの金髪少女が劉《りゅう》さんに羽交い絞めにされている。

「は、はなせ！　逸夜《いつや》は私のモノなの！　夜凪《よなぎ》ノアに渡してたまるか！」

「てめえ大人しくしやがれ！　何枚皿を割りゃ気がすむんだ、電流流すぞ！」

俺を巡って大乱闘していたようだ。俺にとっても店にとっても迷惑極まりない。

「逸夜《いつや》くん、あんなのはどうでもいいです。私と一緒に出かけましょう」

「何で」

「それは……『どうせデートの一つもしたことないんでしょ？』って馬鹿にされて……逸夜《いつや》くんとの絆《きずな》も深めたいし……必要だと思ったから……」

もじもじと訴えるその姿を見ていると、これまで鋼の硬度を保っていた理性が壊れてしまいそうになる。最近頭の調子がおかしくなってしまった。俺には古刀湖昼《ことうこひる》という妹がいるはずなのに、ふとした拍子にノアのことばかりを考えている自分に気づく。

「えっと……悪いノア。今は色々と忙しいし、そういうのはまた今度でな」

「古刀《ことう》さん！　デートは作戦にもなりますよっ」

逃げようとした瞬間、座敷《ざしき》に続く暖簾《のれん》からカルネが姿を現した。

「ノア様と交流することが勝利への近道ですっ！　大事なパートナーなんですから、たまには二人でお出かけをしないと」

「お前、もう動いて大丈夫なのか？」

「大丈夫です！　でも恨み骨髄ですよ、影坂《かげさか》ミヤのせいで全身ズタボロなんですから。あんなやつに古刀《ことう》さんを奪われてたまるもんですか、ねえノア様」

「はい」

「というわけで！　ノア様とラブラブなランデブーを楽しんできてください」

「それどころじゃないだろ。今は六花戦争《ろっかせんそう》のほうが大事だ」

「だから作戦なのですよ。骸川帳《むくろがわちょう》を誘《おび》き出《だ》すためのね」

カルネはいつになく真剣な表情で続けた。

「残りの敵は骸川帳《むくろがわちょう》だけですが、しばらく膠着《こうちゃく》状態が続いています。あの男は夜ノ郷《ナイトピア》でも慎重派として有名ですから、こちらが隙を見せないと動かないのです。そこでお二人には適度に頭空っぽのバカップルを演じていただきます」

「それで骸川《むくろがわ》を油断させるってことか……？」

「まあ、一日や二日デートしたところで敵は出てこないでしょう。見え見えの罠《わな》ですから。でもそれが毎日続いたらどうでしょう？　相手も痺《しび》れを切らすはずですよ」

「も、もしかして毎日逸夜《いつや》くんとデートするのですか？　骸川帳《むくろがわちょう》が引っかかるまで？」

「もちろん！」

先行きが極めて不安だった。だが積極的に行動を起こさなければ六花戦争《ろっかせんそう》は終わらない。終わらなければ湖昼《こひる》は帰ってこない。カルネが「さあ！」と笑顔で俺の背中を叩《たた》き、

「さっそく作戦開始です！　お土産もよろしくお願いしますね！」

「お、おい！」

ぐいぐいと力任せに押される。

背後で何やらノアに耳打ちをする気配。

「ノア様。ごにょごにょ……」

「……！」

途端にノアが紅潮した。嫌な予感しかしなかった。何を吹き込んだんだよと視線で問《と》い質《ただ》してみたが、似非《えせ》メイドは「えへへ♡」と不気味に口角を吊《つ》り上《あ》げるだけだった。

「おいてめえノア！　バイトはどうするつもりだ！」

「ご、ごめんなさい劉《りゅう》さん。影坂《かげさか》ミヤがかわりにやってくれます」

「こらぁっ！　私に押しつけるんじゃ――いだだだ電流強すぎもうちょっと優しくして‼」

俺たちは影坂《かげさか》をスルーして外へ出た。店内から「覚えてなさいっ！」という怨嗟《えんさ》の叫びが聞こえたが、聞こえなかったことにしよう。

「逸夜《いつや》くん。どこか行きたいところはありますか」

緊張のうかがえる声。

俺はちょっと迷ってから言った。

「……映画でも行く？」

「映画……！　是非っ。行きたいですっ」

紅色の瞳がキラキラと輝いた。こいつは作戦だってことを分かっているのだろうか。まあいい、デートはきちんとこなしておこう。敵を誘《おび》き寄《よ》せるのも重要だが、劉《りゅう》さんに質問するタイミングを失った以上、今日のところはノア、のこと、を、知る、タ、ー、ン、に、する、。

「……?? ………??」

ノアが顔を赤くして目を逸《そ》らした。忙《せわ》しなく髪をいじり始める。俺が無遠慮に見つめていたからだろう。

「……出発する前に着替えないか？　チャイナ服と街を歩くのはちょっと」

「そ、そうですね……！　準備してきますっ」

こうして俺はノアとデートすることになった。

□

さて。私の目的。それは逸夜《いつや》くんを徹底的に落とすこと。もちろん恋愛的な意味で。

私は未来を見据えているのです。

六花《ろっか》戦争《せんそう》で優勝できれば、私はお父様に認められ、夜《よ》凪楼《なぎろう》の正式な跡継ぎになることができるはずです。そして夜《よ》凪楼《なぎろう》を運営していくためには、それに相応《ふさわ》しい実力を示し続ける必要があります。だから逸夜《いつや》くんを手放すわけにはいかないのです――

嘘《うそ》です。照れ隠しです。

そういう面倒くさい打算なんて少しもないのです。

私は古刀逸夜《ことういつや》という人間を好ましく思っていて、これからも彼と一緒に戦いたい、ただそう感じているだけなのです。彼と一緒にいると鼓動が高鳴り、もっと言葉を交わしたいという欲求が風船のように膨らんでいくのです。

ああ、なんということでしょう。

私はいつの間にか落とされてしまっていたみたい。

アベック……になるのが適切でしょうか。

しかし、正直なところ、私には愛が——特に恋愛というものがよく分かりません。

だって経験がないし。最初の告白なんて、今思えば荒唐無稽の極みです。

でも、先ほどカルネは「大丈夫です！」と自信満々に耳打ちしてくれました。

——古刀逸夜《ことういつや》……、いえ、古刀《ことう》さんは、ノア様に抱き着かれると体温が上昇します。興奮している証拠です。押せばイケますよ絶対。

(そんなこと言われましても)

——いいですかノア様！　今日の目標はちゅーです！　影坂《かげさか》ミヤにリードされたままにはしておけないですよ！　私もこっそり跡をつけますから、バシッとキメちゃってください！

(無理です。素直に恥ずかしいのです)

でも放置しておけば影坂《かげさか》ミヤにとられてしまうかもしれません。なんとかして逸夜《いつや》くんを振り向かせなければ。ちゅー……は無理なので、手をつなぐことを目標にしよう。うん。

映画館から外に出ると、都市のごみごみした喧噪《けんそう》が私たちを迎えます。東京は池袋、平日の昼間だというのに往来は人であふれていました。過激なナイトログが見れば垂涎《すいぜん》ものの光景でしょう、人的資源を選び放題なのですから。まあそれはさておき。

この二時間、特筆すべきイベントは起こりませんでした。

こっそり手をつなごうかと思ってちらちら隣の様子をうかがいましたが、全然そんな雰囲気になることもなく。スクリーンでゾンビたちが絶叫しながらバラバラにされていくような状況なので、当然です。観《み》るやつ間違えたかも。

「主人公の最期《さいご》がすごかったな。妹のために我が身を犠牲にするとは……」

「トマトみたいになってましたね。作り物感がすごかったです」

「でも他人事《ひとごと》とは思えなかった。俺もあの状況ならそうするよ」

「まじですか……」

薄々気づいていましたが、この人はちょっと常識外れのシスコンです。私も逸夜《いつや》くんの妹だったら無条件で愛されたのでしょうか。湖昼《こひる》さんに嫉妬しても仕方がないのですが。

「ノア」

「ふぎゅっ」

耳元で声がしてびっくりしました。逸夜《いつや》くんが顔を近づけてきたのです。

「敵の気配はないよな？　さすがに初日から来ないとは思うけど」

「は、はい。水葉《みずは》も監視カメラで見てくれてますので。今のところ大丈夫かと」

「……顔、赤くないか？」

「逸夜《いつや》くんが近いからですっ」

私は慌てて距離をとりました。頰をぺしぺし叩《たた》いて気合を入れ直します。

「……逸夜《いつや》くん。改めてお伝えしておきますが」

「どうした」

「私は逸夜《いつや》くんを伴侶に迎えたいと考えています。私はいずれ爵位を継承して夜凪楼《よなぎろう》のトップになりますが、その地位を維持するためには逸夜《いつや》くんの力が必要で──」

「ごめん」

心臓が止まるかと思いました。逸夜《いつや》くんは追い打ちをかけてきます。

「俺たちはそういう関係にはなれない。たぶんな」

「ど、どうしてですか」

「それは……あれだ。俺は先のことなんて考えられないんだ。今は湖昼《こひる》のことしか……」

私はハッとしました。

この人は心に傷を負っているのです。湖昼《こひる》さんのことが心配でたまらないのです。

そんな状況で愛だの恋だの囁《ささや》かれても鬱陶しいだけ。

油断するのが作戦とはいえ、今の私はちょっと浮かれすぎていました。

「……困らせてごめんなさい。今はそれどころじゃないですよね」

「べつに困ってないけど。いや困ってるけど」

「今の私たちは協力関係です。できることなら何でもしますよ。逸夜《いつや》くんにとって湖昼《こひる》さんが一番大事だってことは分かってますから」

私はさりげなく、さりげなくを心がけて逸夜《いつや》くんの手を握りました。

影坂《かげさか》ミヤほど積極的になることはできませんが、これくらいはギリギリ大丈夫。

逸夜《いつや》くんは何故《なぜ》か私から目を逸《そ》らし、言いにくそうに呟《つぶや》きました。

「そうだな。……ありがとう」

この人も緊張しているのかもしれません。

私は内心を見透かされないよう、忙《せわ》しなくスマホを操作しながら言いました。

「近くに魚たちがいるみたいですね。行きましょう」

「魚……？　あ、水族館のことか」

「はい。行ったことがないので」

逸夜《いつや》くんは珍しく素直な微笑《ほほえ》みを浮かべました。

「分かった。俺も行ったことがないから楽しみだ」

「浮かれすぎてはいけませんよ。これは作戦なのですから」

「でもせっかくだし――」

「そうですね、適度に楽しむとしましょう。これは……その、いちおう、デートっていう体裁でもあるので……」

「――せっかくだし、今度妹と一緒に行く時のための下見も兼ねるか」

「…………」

シスコン…………。

□

「くらげー！　くらげ！　くらげがたくさん……!!」

ふわふわと水槽の中をただよう無数のくらげ。夜ノ郷《ナイトピア》では見られない幻想的な光景なので、私は年甲斐《としがい》もなく大はしゃぎしてしまいました。くらげだけではありません、サンシャイン水族館には多種多様な生物たちがひしめいているのです。

「タチウオです！　逸夜《いつや》くんに似てますね」

「見てください、リクガメ！　のそのそしてます！」

「あっちにはアザラシが……！　か、可愛《かわい》いです……」

私は童心に帰って館内を駆け回りました。

学校のみんなが見たらびっくりするでしょう。普段、無表情の仮面はなかなか外すことができません。外すと顔が真っ赤になってしまうので、心臓を鋼にして耐えているのです。でも逸《いっ》夜《や》くんと一緒にいると、我を忘れてしまうことがありました。

屋外のコーナーに出ると、温かい風が髪を揺らします。

ペンギンたちの山を見つめながら私は口を開きました。

「……知りませんでした。昼ノ郷《デイトピア》にこんな楽しい場所があったなんて」

「水族館に来たことないのか？」

「はい。でもそれだけじゃなくて……」

私は夜《よ》凪《なぎ》楼《ろう》に閉じ込められていました。お父様は実力主義者ですから、私みたいなぽんこつナイトログを一家の恥と考えていたのでしょう。六花《ろっか》戦争《せんそう》が始まるまでは、たまにあるパーティー以外で外出することは許されず、ひとり孤独に朽ちていくのが仕事だったのです。

「……ひどい親父《おやじ》だよな」

「いいえ。大切な家族ですよ。お父様はまだ私を愛してはくれませんけれど、三年前に生まれた弟を除けば、唯一の肉親ですから」

「でも……」

「お父様はそんなにひどい人じゃないです。公平な評価軸を持っているだけです。不出来な娘には冷たく接しますけれど、きちんと結果を出せば褒めてくれます。逸夜《いつや》くんも知っていますよね？　私がお父様に認められつつあることは」

逸夜《いつや》くんは何故《なぜ》か石のように沈黙しました。

ちょっと気まずくなったので、私は無理矢理話題を変えました。

「逸夜《いつや》くんの家族はどんな人ですか？　湖昼《こひる》ちゃんとか……」

「湖昼《こひる》か？　そうだな……湖昼《こひる》は可愛《かわい》い」

そう言うと思ってましたけれど。逸夜《いつや》くんがここまでぞっこん状態なのですから、さぞや魅力的な女の子なのでしょう。私では到底及ばないくらいの。

「元気で明るくて、色々な人から慕われていたな」

「私とは正反対ですね……」

「友達は多かったけど、俺のことを第一に考えてくれていた。毎朝起こしてくれるし、俺の好きな料理も作ってくれるし。純粋で、俺には隠し事を全然しなかった。……あ、でも日記をつけてるみたいで、それだけは見せてくれなかったな」

「日記を見られるのは恥ずかしいですからね」

「でも総じて俺との仲は良好だったよ。こないだ誕生日プレゼントに白いハンドバッグをプレゼントしたら、飛び上がるほど喜んでくれたな……」

「へえ。誕生日はいつなのですか？」

「四月二十八日」

ちょっと驚いてしまいました。

「私と同じです。すごい偶然」

「そうなのか？」

「はい。夜ノ郷《ナイトピア》の暦を太陽暦に直すと、二〇〇七年の四月二十八日になるんです」

「あれ……？　俺たちって二〇〇五年の学年だよな？」

「学校に登録されているデータだと二〇〇五年生まれになってますね。年齢的には中学三年生なのですが、昼扉《ひるとびら》を管理する関係上、高校二年生としてやらせてもらってます。色々と詐称してますけど、夜凪楼《よなぎろう》の力にかかればお茶の子さいさいですよ」

劉《りゅう》さんが色々と手を尽くしてくれたことを覚えています。あの人には感謝してもしきれません。私をコキ使う点は苦手ですけど。

「お前は、いつから昼ノ郷《デイトピア》にいるんだ？」

「四月二十八日にこっちに来ました。誕生日だったのでよく覚えてます」

「それ以前に昼ノ郷《デイトピア》に来たことはあるか？」

「ありません。ずっと引きこもりだったので……だから初めて昼ノ郷《デイトピア》に来た時、眩《まぶ》しすぎて貧血になりました。こんなに明るいとは思ってもいなくて。昼ノ郷《デイトピア》では日光を利用してエネルギーを作るんですよね。夜ノ郷《ナイトピア》ではできないことです――逸夜《いつや》くん？　どうしましたか？」

「…………」

逸夜《いつや》くんが至近距離で私を見つめてきました。途端に顔に熱がのぼります。耐えきれなくなった私は、すぐ近くにあった水槽を何となく眺めました。自由に泳ぎ回る、たくさんのメダカたち。そこでふと、私は奇妙な事実に気がつきます。

人の気配が消えているのです。

それなりに混んでいたはずなのに、広々とした空間にいるのは私たち二人だけ。ペンギンやカワウソの鳴き声だけがこだましています。

「逸夜《いつや》くん。あの――」

「――無駄話は終わりにしてもらおう」

一陣の風が吹く。

私たちの背後にスーツ姿の男性が立っていました。会社勤めの方でしょうか。ピンと伸びた背筋と虎のように獰猛《どうもう》な目が印象的なサラリーマン――

違う。この人は人間じゃない。擬態しているけれど夜のにおいを隠しきれていない。

「カルネ!?」

彼の足元には血塗《ちまみ》れのメイドが転がっていました。

火焚《ひだき》カルネ。意識を失い、ぐったりと地に伏しています。

ここまで引きずられてきたのか、地面に血の痕が伸びているのが見えました。

「案ずるな。このメイドは気絶しているだけだ」

「あ、あなたは……」

「ノア！　こいつが骸川《むくろがわ》だ……！」

「いかにも。拙僧は骸川帳《むくろがわちょう》の骸川《むくろがわ》ネクロ」

絶句してしまいました。

まさかデート一日目から襲撃してくるなんて。

「目的は『紅玉《こうぎょく》の奪取』。抵抗するようであれば容赦はせぬ。仏罰は下る」

□

無人と化した水族館の屋上。

俺は頭の容量が限界を迎えつつあることを悟った。たった今、ノアとの会話から尋常ではない真実に辿《たど》り着《つ》こうとしていたのに、次から次へと面倒ごとが立ち現れるのだ。

「骸川帳《むくろがわちょう》……！　カルネに何をしたのですか！」

「邪魔だから行動不能にしたまでだ」

骸川《むくろがわ》は気絶しているカルネを一瞥《いちべつ》して言った。昼ノ郷《デイトピア》に溶け込むためにサラリーマンの恰《かっ》好《こう》をしているのだろうが、言葉の端々に時代錯誤なものが感じられた。

「い、逸夜《いつや》くん！　血を吸わせてください！」

「分かった。でもそんな隙は——」

「その通り。接続礼式《せつぞくれいしき》の暇など与えはしない」

いつの間にか、骸川《むくろがわ》の手には独鈷杵《とっこしょ》のようなものが握られていた。

飾り気はなく、ただ人を殺すことに特化した原初の矛。

その異様な雰囲気からして、人を作り変えた武器——夜煌刀《やこうとう》に違いなかった。

「それ以上古刀逸夜《ことういつや》に近づけば斬りかかる」

ノアの接続礼式《せつぞくれいしき》は、『自分の歯で皮膚を破って三秒以上血を吸うこと』だ。

作戦ではカルネと水葉《みずは》が骸川《むくろがわ》を足止めしている間に接続礼式《せつぞくれいしき》をすます予定だったが、まさかカルネのほうを先に仕留められるとは予想もしなかった。

「身構えるな。拙僧はあくまで対話をメインに考えている」

「対話……？」

腕時計をチラリと見下ろし、

「古刀逸夜《ことういつや》には言ったはずだ。拙僧は争いを好まぬと」

「だったら夜煌刀《やこうとう》をしまえよ。対話をする気があるとは思えない」

「これは自衛の手段だ。そこのメイドのようにいきなり襲いかかられては困る」

「あなたはカルネにひどいことをしました！　許せませんっ」

「降りかかる火の粉を振り払って何が悪い。拙僧は仕方なく反撃したまでのこと。できれば傷もつけたくはなかった。呪法《じゅほう》を用いて人払いをしたのも、拙僧の不殺の理念による」

何が不殺の理念だ。苦条《くじょう》ナナを殺害しているだろうに。

「……骸川《むくろがわ》。お前の要求は何だ」

「紅玉《こうぎょく》を渡せ。さすれば命は助けてやる」

「できませんっ！」

ノアが俺を押しのけて叫んだ。

「そんな要求、呑《の》めるはずがありません。六花戦争《ろっかせんそう》で優勝するのは私です」

「優勝してどうする」

ノアが眉をひそめた。俺も警戒をにじませて骸川《むくろがわ》を睨《にら》みつける。やつの思考が読めない。

「夜凪《よなぎ》ハクトに認めてもらいたいのか」

「あなたには関係ありません」

「無駄なことだ。お前はすでに父親から見捨てられている」

「惑わしは通用しませんよ。お父様は私に期待を寄せてくれているのです。いずれ夜凪楼《よなぎろう》を引っ張っていくナイトログとして――」

「それはない。それはないのだ夜凪《よなぎ》ノアよ」

気味の悪いものが背筋を這《は》い上《あ》がっていく気分だった。

夜凪楼《よなぎろう》当主は――夜凪《よなぎ》ハクトは、ノアのことを認めていなかった。いや、認めていないどころか、あの露骨な態度からして憎しみの感情すら抱いていたように思える。もちろんノアはそのことを知らないし、俺には知らせることができなかった。だってノアが可哀想《かわいそう》だから。

しかし骸川《むくろがわ》は躊躇《ちゅうちょ》なく言ってのけた。

「夜凪《よなぎ》ハクトは夜凪《よなぎ》ノアを処分しようと企《たくら》んでいる」

ノアが息を呑《の》んだ。

「だ、だからそういうデタラメは」

「気づいていたはずだ。本当は愛されてなどいないことに」

「やめてくださいっ。いい加減にしないと怒りますよ」

「実はお前のことは幼児の頃から知っている。骸川帳《むくろがわちょう》と夜凪楼《よなぎろう》はその昔、協力関係にあったからだ。お前は奇妙な子供だった……夜煌錬成《やこうれんせい》を発動させることができず、ナイトログに本来備わっているはずの闘争本能すら欠落していた」

ノアの身体《からだ》が震える。骸川《むくろがわ》はノアの心を傷つけようとしている。

「そのような出来損ないを夜凪《よなぎ》ハクトが許すはずもない。事実、やつは娘を処分するための作戦を練っていた。本当は十五歳になった時点で夜ノ郷《ナイトピア》の〝塵坑《じんこう》〟に捨てられるはずで、そのための業者を雇っていたのだ。すでに裏は取れている」

「そ、そんな」

「知っての通り、塵坑とは常夜神《とこよがみ》が管轄するゴミ箱のことだ。ここに捨てられた者は、分子レベルで分解されて宵闇に溶け消える」

塵坑だの業者だの、細かいことはどうでもよかった。ノアの心の中にも予感めいたものはあったのだろう。自分はいつか父親に処分されるのではないかという最悪の予感が——そうでなければ、こうして反論もできずに身体《からだ》を震わせているはずがなかった。

「非道な父親のために戦っても意味はない。お前は誰からも認められないのだ。早急に紅玉《こうぎょく》を引き渡して——」

「そうはさせない」

俺は拳を握って一歩前に出た。

ノアの視線を横顔に感じながら啖呵《たんか》を切る。

「たとえ夜凪《よなぎ》ハクトがノアのことを認めなくても、俺がノアのことを認めている。こいつは俺のパートナーなんだ。こいつと一緒にお前を倒して天外《てんがい》を手に入れてやる」

「逸夜《いつや》くん……」

「ノア。お前には俺がついている。だから俺に協力してくれないか」

紅色の瞳が、夢から覚めたように丸くなった。

そうだ。俺たちは比翼連理の関係なのだ。今は勝つことだけを考えていればいい。

ノアの白い肌がみるみる赤くなっていき、やがて蚊の鳴くような声で「はい」と呟《つぶや》いた。

「……頑張りましょう。あいつを倒すために」

ノアが唇を近づけてくる。

接続礼式《せつぞくれいしき》をすませようとした時――

骸川《むくろがわ》のほうから邪悪な気配が拡散するのを感じた。

夜煌刀《やこうとう》が躍動する。未知の呪法《じゅほう》が発動している。

「あ……――」

ノアの身体《からだ》が俺の視界から消えた。

猛烈な勢いで何かに弾《はじ》き飛《と》ばされ、水槽の横をごろごろと転がっていく。その肩口にはざっくりと切り傷が刻まれており、セーラー服がじわじわと赤く染まっていくのが見えた。

「ノア……!」

「動けば攻撃すると言っただろう」

そうして俺は見た。

骸川《むくろがわ》の周囲には無数の〝右腕〟がゆらめいていた。数は十本くらいだろうか、まるで金箔《きんぱく》を貼りつけたかのようにキラキラと照っている。あれが独鈷杵《とっこしょ》の持つ呪法《じゅほう》なのだろう――影坂《かげさか》ミヤのそれのように剣先から射出されるのではなく、骸川《むくろがわ》の周囲の地面からうねうねと触手のように生えているのが不気味だった。

「呪法《じゅほう》・【隻手拈提《せきしゅねんてい》】。それ以上動けば今度こそ殺す」

骸川《むくろがわ》は独鈷杵《とっこしょ》を構えてゆっくりと近づいてくる。

今にも襲いかかってきそうな骸川《むくろがわ》、今にも泣きだしてしまいそうなノア。

先ほどの攻撃を見るに、いつでも俺たちを遠隔で殺せそうな感じはする。そうしないのは、骸川《むくろがわ》ネクロが本当に殺生《せっしょう》を嫌っているから――なのだろうか。

いつの間にか骸川《むくろがわ》は目の前にいた。

濁った紅色の瞳に見下ろされる。

「安心しろ。紅玉《こうぎょく》さえ渡せば殺しはしない」

「だめだ。俺は湖昼《こひる》を見つけるまで……」

「力の差を理解しろ。お前たちでは拙僧には及ばぬ」

腹部に衝撃。独鈷杵《とっこしょ》を握った拳で殴られたのだと理解した瞬間、いきなり首筋をガシッとつかまれた。骸川《むくろがわ》の指が皮膚にめり込む。このまま窒息させるつもりなのだろう。

「逸夜《いつや》くんッ!!――ぐっ」

ノアの絶叫が耳に届いた。俺のもとへ駆け寄ろうとした彼女に呪法《じゅほう》が襲いかかったのだ。ここからではよく見えない。無事だろうか。はやくあいつの元へ行かないと――

「――ふざ……けんな……！　この手をどけろ……――！」

「諦めると言え。さすれば解放してやる」

「誰が……諦めるか！　妹を……湖昼《こひる》を見つけるまでは……俺は……そうだ。お前が……湖昼《こひる》をナマクラに変えたんじゃないか……⁉」

「湖昼《こひる》……？　知らんな。昼奈《ひるな》という名前の夜煌刀《やこうとう》ならば知っているが」

「はあ？　それは……俺の……」

「夜凪《よなぎ》ハクトが昔持っていた夜煌刀《やこうとう》だ。しかし愚かなことに、古刀昼奈《ことうひるな》は夜凪《よなぎ》ハクトのモノになることを最終的に拒否した。夜煌刀《やこうとう》はナイトログに使われて然《しか》るべきもの。だというのにやつはその理に反して逃走を図った。だから処分された」

処分？　何を言ってるんだ？

俺の母親は、五年前、交通事故で死んだはずで――

「そのような末路を辿《たど》りたくなければ無抵抗を貫くべきだ。人間はナイトログにとっての道具であり資源。逆らうことは許されぬ」

「ま、待て……いったい何の話なんだ……⁉」

「夜凪《よなぎ》ハクトは自分に従わなかった古刀昼奈《ことうひるな》を殺害した。それだけのことだ」

頭が真っ白になっていった。

これまでずっと不慮の事故かと思っていたのに。

骸川《むくろがわ》が何かに気づいたように眉を動かした。

「――そうか。古刀逸夜《ことういつや》。お前は古刀昼奈《ことうひるな》の縁者だったのか。だが関係のないことだ」

指に力が込められた。
まるで日が暮れたかのように視界が薄暗くなる。
意識が朦朧《もうろう》とし、全身から力が抜けていった。
くそ。ダメだ。考えがまとまらない。憎しみすら苦しみの中に流されていく。
わけも分からないまま息絶えるわけにはいかないのに――
「――骸川帳《むくろがわちょう》！　それは私の夜煌刀《やこうとう》よ！」
空から声が降ってきた。
骸川《むくろがわ》が驚いて頭上を仰ぐ。
水族館の真上から膨大な影の奔流が降ってくる。
その合間から、ものすごい勢いで誰かが飛び降りた。
金色の髪、ドラゴン亭のチャイナドレス、右手に握ったロングソード――影坂《かげさか》ミヤ。
彼女はすました笑みを浮かべながら夜煌刀《やこうとう》を骸川《むくろがわ》に突き刺そうとして、
それが最後に見た光景だった。
俺は限界を迎え、その場で意識を手放した。

4　夜と昼の境界線

——気づいていたはずだ。本当は愛されてなどいないことに。

骸川帳《むくろがわちょう》はそう言いました。反論するべくもありません、まったき図星だったのですから。

私は夜凪楼《よなぎろう》の落ちこぼれ、いてはいけない存在。お父様は私を憎んでいるのです。物腰は柔らかですが、何年も一緒にいれば、その裏に隠された悪意に気づかないはずもありません。今まで生かされていたことのほうが不思議です。

——ノア様、あんな父親は放っておきましょう。こっちから捨ててしまえばいいんです。逆勘当です。たとえノア様が六花戦争《ろっかせんそう》で優勝しても、あいつの心は変わりませんよ。

カルネはよくそんなふうに怒っていました。

そう、私は最初から気づいていたのです。

どれだけ努力をしても、結果を出しても、お父様が夜凪《よなぎ》ノアを認めることはないという残酷な真実に。気づいていながら、私は気づかないフリをしてきました。だってお父様は私の唯一の肉親だから。そんなヒドイことをするとは思いたくなかったから。

でも、そろそろ現実を見なければなりません。

六花戦争《ろっかせんそう》で優勝しても意味はない。

　そもそも優勝は不可能でしょう。影坂《かげさか》ミヤの乱入によって私とカルネは助かりましたが、逸《いっ》夜《や》くんは骸川帳《むくろがわちょう》に奪われてしまったのですから。

（古刀《ことう》、逸夜《いつや》くん……）

　つきあいは短いけれど、あの子が善良であることは身に染《し》みて分かります。夜ノ郷《ナイトピア》を訪れてからというもの、逸夜《いつや》くんが私に向ける視線には温《ぬく》もりの成分が増しました。お父様と話して察したのだと思います——夜凪《よなぎ》ノアがいらない子扱いされているという事実を。

　あの人となら、利害にも血縁にもよらない愛の関係を築けると思ったのに。

　あの人のために、妹さんを見つけてあげたかったのに。

（……もう、私には何もできない）

　私は枕に顔を埋めました。

　すべてを失った落ちこぼれには、引きこもるのがお似合いなのです。

□

「起きないと殺すわよ？　この引きこもり」

「ふぎゅっ」

　お腹《なか》を蹴られて目が覚めました。イモムシのように丸まって疼痛《とうつう》をやり過ごしていると、遠慮のない嘲笑が降ってきました。

「無様ねえ。あんたにはお似合いだけど」

「影坂《かげさか》……ミヤ……」

金髪のナイトログが私を見下ろしています。どうして私の部屋にいるんですかと文句を言う気も起きません。やつは靴下で私の布団《ふとん》を踏みながら、ニヤリと意地悪そうに笑います。

「もう朝の十時よ？　いつまで寝ているの？」

「ナイトログは夜行性なので……」

「夜中も寝てるくせに何言ってんだか」

私は影坂《かげさか》ミヤを無視して布団《ふとん》に包《くる》まりました。

体内の元気がごっそり消失しています。

理由は言うまでもありません、逸夜《いつや》くんをまんまと奪われてしまったのですから。

昨日、水族館の屋上で繰り広げられた戦い——その結果は苦いものとなりました。影坂《かげさか》ミヤのおかげで命からがら逃げ出すことに成功しましたが、骸川帳《むくろがわちょう》は巧みな呪法《じゅほう》によって水族館を離脱してしまいました。気絶した逸夜《いつや》くんを携えたまま。

「ノア様、寝ている場合ではありません！　はやく骸川《むくろがわ》ネクロを倒すための作戦を考えましょう！」

どこからともなく現れたカルネが私の身体《からだ》を揺さぶります。

でも私は微動だにしません。冬眠するカメのように。

「ノア様〜っ！　こりゃもう駄目かもしれませんね……」

「メンタルよっわ。夜煌刀《やこうとう》を奪われたくらいでそんなに落ち込む？」

「ノア様にとって古刀《ことう》さんはただの夜煌刀《やこうとう》ではありませんよ。この世で唯一、信頼できる方なのです。夜凪楼《よなぎろう》の人たちはノア様を処分しようと企《たくら》んでますし、私は一介のメイドなので心の原動力になってあげることはできないのです」

「まーあんたには無理だよね。放火魔のイカレメイドだし」

カルネが「失礼なー！」と憤慨しました。二人の言い合いは雑音でしかありません。逸夜《いつや》くんの消失が私の心身にもたらしたダメージは恒星レベルに巨大です。私はいつの間にか、あの子がいないとダメな感じに退化してしまったのでしょう。

「もーいいわ。私は一人で逸夜《いつや》を奪い返すから」

「あのですねえ、骸川帳《むくろがわちょう》は身を隠したんですよ？　居場所が分かるんですか？」

「お父様から失《う》せ者捜しの神具を預かっているわ。あんたらが学校に通ってるって情報もその神具から仕入れたのよ」

「であれば情報共有をお願いしたいですっ！　ノア様のためにもっ！」

「イ・ヤ。やる気のない蛆虫《うじむし》にくれてやる情報なんかないわ」

そうです。私は蛆虫《うじむし》なのです。

紅玉《こうぎょく》は奪われずにすみましたが、逸夜《いつや》くんを失った時点で敗北も同然なのです。

影坂《かげさか》ミヤはそんな私の耳元で悪魔のように囁《ささや》きました。

「あんたは死ぬまで寝てなさい。逸夜《いつや》は私が略奪してあげるわ。甘《あま》～い言葉で慰めてあげれば寝取れそうだからねっ」

「うっ……」

どうして心を抉《えぐ》るようなことを言うのでしょうか。

待ってと声をかける暇もなく、影坂《かげさか》ミヤはすたすたと部屋を出ていきました。

入れ違いにひょっこり顔を出したのは、いつものエプロンを着こなした劉《りゅう》さんです。

「おいノア、いつまで寝てんだ。客が来てるぞ」

「……ドラゴン亭にお客さん？　天変地異の前触れですね」

「店の客じゃねえよ、お前の客だ。クラスメートだと」

一瞬頭がフリーズ。心当たりはまったくありませんでした。

そもそも2年A組の生徒たちはほとんどナマクラにされてしまったはずなのに。

会うのはやめましょう。今日は布団《ふとん》の中で萎《しな》びると決めたのです。

「無視するならぶっ叩《たた》くぞ」

「すみません」

劉《りゅう》さんが人を殴る用のフライパンを取り出したので、私は啓蟄《けいちつ》の虫のような気分で外の世界に這《は》い出《で》るのでした。

□

「おはよう、夜凪《よなぎ》さん」

待っていたのは、クラスメートの荻野誠《おぎのまこと》くんでした。

読んでいた本をぱたりと閉じ、犯人を見つけた探偵みたいな視線を向けてきます。

「あれからどうしてたの？　学校がないのに制服なんだね」

「…………」

反応に困りました。荻野《おぎの》くんは逸夜《いつや》くんの親友ですが、私にとってはただのクラスメート。しかも何故《なぜ》かこちらに不信感を抱いている気配があります。感情を押し殺すための鉄仮面が自動で装着されてしまいました。

「……ノア、ちょっと」

近くでPCをいじっていた水葉《みずは》が小さく手招きしていました。

彼女は荻野《おぎの》くんに聞こえないくらいの小さな声で、

「気をつけたほうがいいよ。彼、学校で起きた事件がノアのせいなんじゃないかって疑ってるみたい。下手なことは言わないほうがいいね、特にナイトログ関連のこととか」

「ええ……どうしたらいいのでしょうか……」

「誤魔化せば。僕は知らんけど」

誤魔化すのは不誠実ではないかと思うのです。

2年A組が消失したのは私のせいでもあるのですから。

そう考えてみると、今私がこうして腐っているのは死ぬほど最悪なことのように思えてきました。私はクラスのみんなのために戦わなければならないのに。

「夜凪《よなぎ》さん、聞きたいことがあるんだけど――」

「――あら？　もしかしてノア様のお友達ですか？」

「え？　うわっ、メイドさんだ」

カルネを目撃した荻野《おぎの》くんが目を丸くしていました。最近学びましたが、カルネみたいに奇抜な恰好《かっこう》をした人間は秋葉原かアニメの中にしかいないみたいです。

「こんにちは、火焚《ひだき》カルネと申します！　ノア様の専属メイドです」

「せ、専属メイド……？　夜凪《よなぎ》さんってものすごいお嬢様だったんだねえ」

そんな興味深そうな目を向けられても恥ずかしいだけなのですが。

「ノア様に何かご用ですか？　もしや例の爆発事故のことだったり？」

「はい。何か知らないかなって……あ、僕は逸夜《いつや》と夜凪《よなぎ》さんのクラスメートで、荻野誠《おぎのまこと》っています。2年A組のほとんどが犠牲になったあの事件の、数少ない生き残りです」

テレビのニュースでは「不慮の爆発事故によって二十六名が犠牲になった」と報道されています。遺体も発見されていないので（ナマクラになっているため）無理のある話ですが、昼ノ郷《デイトピア》の人間にとってはそれが限界なのでしょう。

「僕はこの事件を解明したいんです。絶対にただの爆発事故じゃない。そのために逸夜《いつや》や夜凪《よなぎ》さんと協力したいんだけど――でも、何故《なぜ》か逸夜《いつや》と連絡が取れないんだ」

「そ、それは」

「事故の日に無事は確認できたんだけど、それ以降は既読もつかないし電話にも出ない。夜凪《よなぎ》さん、逸夜《いつや》と何かあったの？　居場所とか知ってる？」

何とも言えませんでした。この荻野誠《おぎのまこと》という男の子、顔つきは可愛《かわ》いのに視線が鋭い。下手なことを口にすればすべてが白日の下にさらされてしまう感じがします。

「荻野《おぎの》さん！　実は私たちも古刀《ことう》さんを捜しているところなのですよ～」

カルネが元気に叫びました。口下手な私に出る幕はないので彼女に任せておきましょう。

「昨日から連絡がつかなくて困っていたんです～！　古刀《ことう》さんも失踪してしまったのでしょうかねえ。ノア様なんか泣き叫ぶほど心配していて……」

「あの、夜凪《よなぎ》さんと逸夜《いつや》はどういう関係なんですか？」

「親戚です♪」

親戚ではありません。でも荻野《おぎの》くんはカルネの勢いに圧倒されている様子でした。

「そうなんですか……妹以外に親族はいないって言ってたような気がしたんだけど……」

「ちなみに荻野《おぎの》さん、彼の居場所に心当たりはありますか??」

「え？　あ……心当たりがあるのはここが最後でした」

「なるほどぉ。もしかしたら古刀《ことう》さんは妹さんを捜しに行ったのかもしれませんねぇ」

「……本当に夜凪《よなぎ》さんやカルネさんは逸夜《いつや》の行方を知らないんですね？」

「神に誓って！」

確かに逸夜《いつや》くんがどこへ連れ去られたのかは知りませんが、胸を張ってそんなセリフを吐けるカルネの図太さには尊敬の念すら覚えます。荻野《おぎの》くんはしばらく胡散臭《うさんくさ》そうに私とカルネを観察していましたが、やがて疑念が晴れていったのか、

「……逸夜《いつや》の行方は分かりませんが、何故《なぜ》消えたのかは分かる気がします」

「というと？」

「2年A組の事件を解決するために行動を起こした――んじゃなくて、やっぱり妹を捜しに行ったんだと思います。こないだの事件で何か重要な手がかりをつかんだのかもしれない」

「古刀《ことう》さんは重度のシスコンですからねぇ」

「逸夜《いつや》にとってはたった一人の家族ですから」

「私たちも湖昼《こひる》ちゃんを捜してたんですよ！　でもなかなか見つからなくて～……いったいどこで何をしているのでしょうかねぇ、湖昼《こひる》ちゃん。また一緒に遊びたいのに」

「あの」

荻野《おぎの》くんがカルネの言葉を遮ります。

その表情には再び警戒の色が戻っていました。

「もしかして、知らないのですか」

「……何をでしょう？」

「逸夜《いつや》に妹はいませんよ。この世に存在しません」

え、と私は声を漏らしてしまいました。

この世に存在しない？　それってつまり――

しかし、荻野《おぎの》くんの答えは私の想像を超えていました。

「いえ、存在しないって言うと語弊がありますけど、僕たちには見えないはずなんです。だって湖昼《こひる》ちゃんは、逸夜《いつや》の妄想上の妹ですから」

□

「――そうか。お前は古刀昼奈《ことうひるな》の息子だったのか」

広大なオフィスである。整然と並ぶデスク、散らばったコピー用紙、ときおり音を鳴らす電話――しかし従業員の姿はどこにも見当たらなかった。

ただ一人、俺の目の前にはスーツ姿の男が立っている。

骸川帳《むくろがわちょう》のナイトログ、骸川《むくろがわ》ネクロ。

てっきり殺されるか、あるいは夜ノ郷《ナイトピア》にでも連行されるのかと思っていたのだが。水族館で誘拐されてから十数時間、俺は両手両足を縛られてこのビルに幽閉されていた。

曰《いわ》く、俺は人質なのだという。

ノアを誘《おび》き出《だ》し、自分の有利な場所で戦うための。

「最初は気づけなかった。我々は人間の名前に興味もない、ゆえに家名が共通していたところで大した注意を払うこともないのだが――」

自力で脱出することは不可能、かといって救援も期待できない。

今の俺にできるのは、骸川《むくろがわ》と言葉を交わして情報を引き出すことだけだった。

「……俺の母親を知っているのか？」

「左様。古刀昼奈《ことうひるな》は夜凪《よなぎ》ハクトにその性能を認められ、やつの刀として六花戦争《ろっかせんそう》を戦った。その後はしばらく夜ノ郷《ナイトピア》の夜凪楼《よなぎろう》に滞在していたようだが、いつまでも自分のことをモノ扱いする使い手に嫌気がさし、反旗を翻《ひるがえ》した」

「反旗……？　何をしたんだ」

「夜凪楼《よなぎろう》のナイトログを殺して回ったのだ」

にわかには信じられない。

「死者は十九名、そのほとんどが夜凪楼《よなぎろう》の親類縁者。この十九名のうちには当時の当主も含まれていて、繰り上がりで夜凪《よなぎ》ハクトが夜凪楼《よなぎろう》を牛耳ることになった」

「ありえない。母さんはただの夜煌刀《やこうとう》だったんだろ……」

「古刀昼奈《ことうひるな》……夜煌刀《やこうとう》としての名を〈忘恩《ぼうおん》〉。やつは人間やナイトログの精神を操る力を持っている。使い手たる夜凪《よなぎ》ハクトを操って惨劇を引き起こしたのだ。一仕事を終えた古刀昼奈《ことうひるな》は昼ノ郷《デイトピア》に逃亡し、以後、しばらく行方が分からなくなっていた」

　記憶にある母の姿とはかけ離れていた。

　しかし、それが真実に近いことは何となく察せられた。

「まさか……その復讐《ふくしゅう》のために殺したのか。事故を装《よそお》って……」

「その可能性が高いな」

　未《いま》だに記憶にこびりついて離れなかった。

　横転したバス、泣き叫ぶ子供の声、最期《さいご》を悟った彼女の瞳。

「ッ……──あいつのせいで。母さんは──ッ！」

「そうだ。悪いのは夜凪《よなぎ》ハクトなのだ。拙僧と戦っても意味はない」

　骸川《むくろがわ》が立ち上がる。感情をうかがわせない濁った目。

「そしてやつはお前から再び大事なものを奪おうとしている」

「どういうことだ……？」

「夜凪《よなぎ》ノアの命だ」

もちろん心当たりはあった。

夜凪《よなぎ》ハクトはノアのことを処分しようとしているのだ。

「ナイトログは無能に厳しいが、だからといって実の娘を積極的に殺そうとする者はさすがに頭のネジが緩んでいる。夜凪《よなぎ》ハクトはそれほどまでに憎んでいるのだ——古刀昼奈《ことうひるな》が残していったものすべてを」

劉《りゅう》さんの話を聞いた時から嫌な予感がしていた。

その予感はついに俺の目の前で実を結ぶ。

そうだ。俺はすでに気づいている。

今までの断片的な情報から判断するならば、夜凪《よなぎ》ノアという少女は——

「観自在菩薩行深般若波羅蜜多時……——」

骸川《むくろがわ》はゆっくりと唱え始めた。少しでも仏教をかじった者ならば聞いたことくらいはあるだろう。それは般若心経《はんにゃしんぎょう》と呼ばれるお経だった。

俺はその場で項垂《うなだ》れる。

ああ。湖昼《こひる》。母さん。

やっぱりそういうことだったのか。

□

「逸夜《いつや》とは中学からのつきあいだけど、昔からよく湖昼《こひる》ちゃんのことを話してくれたんだ」

昼前の表通りを三人で歩きます。

私とカルネ、荻野《おぎの》くん（ちなみに水葉《みずは》は偵察のために店で待機しています）。

荻野《おぎの》くんは私が知らない逸夜《いつや》くんのことを語ってくれました。

「湖昼《こひる》ちゃんが可愛《かわい》い可愛《かわい》いって。そんなに自慢されたら会ってみたくなるでしょ？」

「はい……」

「でも逸夜《いつや》は頑《かたく》なに会わせてくれなかった。おかしいと思って調べてみたんだけど、どうも古《こ》刀湖昼《とうこひる》っていう人間は存在しないみたいなんだ。家に行ってもそれらしき人の姿は見当たらないし、逸夜《いつや》のご近所さんも『あそこの家はずっと一人暮らしだよ』って言ってたし」

妹が欲しすぎておかしくなったのでしょうか。よく分からない感覚です。

「決定的だったのは、古刀《ことう》家にある湖昼《こひる》ちゃんの部屋を見た時だね。絶対に覗《のぞ》くなって言われると逆に見たくなっちゃってさ――夜凪《よなぎ》さん？　どうしたの？　心当たりでもある？」

「えと……」

まっすぐ見つめられて言葉が詰まってしまいました。でも湖昼《こひる》さんの部屋には思い当たる節があります。逸夜《いつや》くんが「ノータッチで頼む」と言っていた、開かずの間。

「ま、見てもらえば分かるかもね。逸夜《いつや》がどこに消えたのかヒントが見つかるかもしれない。あと爆発事故の手がかりも……」

「おおっ！　不法侵入ですねっ？　ワクワクします」

やがて古風な一軒家が姿を現しました。

築七十年くらいの木造家屋。逸夜《いつや》くんと湖昼《こひる》ちゃんの家です。荻野《おぎの》くんは玄関の引き戸に手をかけると、ガラガラガラ……──と遠慮なく開け放ちました。

「あら？　鍵がかかってないですね」

「この家の鍵、壊れてるんですよ」

「不用心！　まあ前に来た時も開いてましたけど」

カルネは遠慮なく足を踏み入れました。私と荻野《おぎの》くんもそれに続きます。古刀《ことう》家は死んだように静まり返っていて、古びた柱の陰からお化けが出てきそうな雰囲気でした。ぎしぎしと軋《きし》む階段をのぼっていくと、目当ての部屋が見えてきます。

「こっちが逸夜《いつや》で、こっちが湖昼《こひる》ちゃん。前にこの家に遊びに来た時、逸夜《いつや》がお手洗いに行っている間にこっそり覗《のぞ》いてみたことがあったんだけど──」

「妹さんは、いなかったんですね」

「うん。開けてみよう」

襖《ふすま》がするすると開かれていきます。私はゴクリと喉を鳴らしました。

いったいどれほど奇妙な光景が広がっているのでしょうか——

「え……？」

普通の部屋が広がっていました。

六畳の和室。ファンシーなカーペットが敷かれ、本棚や勉強机も完備。ベッドにはぬいぐるみが並べられ、ガジュマルなどの観葉植物が部屋に彩《いろど》りを与えています。窓の辺りに並んでいるのは、タコとかナマコとかのフィギュアでしょうか？

いずれにせよ、湖昼《こひる》ちゃんがここで暮らしていたと言われても不思議ではありません。

「ノア様、この部屋おかしいですよ」

「何がですか？」

「ノートや鉛筆もありますけど、全部新品です。使われた形跡がありません。椅子や机にも傷一つないです。普段使いしているなら、もっと汚れていてもいいと思いませんか？」

「言われてみれば……」

「まるで妹がいると見せかけるために用意したような部屋ですね」

「そうじゃないと思いますよ」

荻野《おぎの》くんがカレンダーを眺めながら呟《つぶや》きました。四月のままになっています。湖昼《こひる》ちゃんが失踪した月。私が昼ノ郷《デイトピア》にやってきた月。

「逸夜《いつや》には『見せかける』なんて発想はありません。湖昼《こひる》ちゃんは『いる』んですから」

「古刀《ことう》さんは二重人格なのですか？」

「いえ、守護霊みたいな感じで湖昼《こひる》ちゃんが憑《つ》いてるんだと思いますが……逸夜《いつや》の身体《からだ》に湖昼《こひる》ちゃんの人格が乗り移ったのは見たことありませんし」

「ほぇ～……ちょっと闇が深くてびっくりしました。仮に荻野《おぎの》さんの言う通りだとして、どうしてそんなことになったのでしょうかね？」

「分かりません。少なくとも僕が逸夜《いつや》と初めて会った時から湖昼《こひる》ちゃんは存在してました」

「行方不明になったのも変ですね。最初からいないなら、これ以上いなくなりようがないというか。言葉が難しいですけれど」

「それが何かのヒントになると思います。逸夜《いつや》がどこへ行ったのか、人間が消えるとはどういうことなのか……僕たちが観測できている〝人間〟とはいったい何なのか……」

「いやまあ、それと人間が消えるのとは実は関係がなかったり……」

カルネと荻野《おぎの》くんがあれこれ議論を始めました。

私はそれを無視して部屋を見渡します。

逸夜《いつや》くんは湖昼《こひる》ちゃんの実在を疑っていませんでした。正真正銘、妹のために六花《ろっか》戦争《せんそう》を戦っていたのです。それはあの常軌を逸したシスコンぶりからもよく分かりました。

（何故《なぜ》こんなことを……あれ？）

ふと、窓際《まどぎわ》にB5のノートが落ちているのを発見しました。

整然とした部屋の中で、何故《なぜ》かそれだけ異様に目立って見えたのです。

私は導かれるようにしてノートを拾いました。

これは……日記、でしょうか？　名前の欄には〝古刀昼奈《ことうひるな》〟と書かれています。

（逸夜《いつや》くんのお母様……？）

疑問は間欠泉のように湧いてきましたが、ひとまず中身を検めることにしました。抗《あらが》いがたい魔力に突き動かされた私は、表紙をめくって一ページ目を確認してみます。

『古刀湖昼《ことうこひる》さん　或《ある》いは夜凪《よなぎ》ノアさんへ』

ぎょっとしました。五秒ほど凍りついてしまいましたが、すぐに好奇心の炎が心を溶かしました。心臓がドキドキするのを感じながらページをめくります。

『これをあなたが読んでいる場合、私はすでにこの世にはいないでしょう。でも真相が宵闇に覆い隠されてしまうのは不幸ですから――』

それから私はしばらくノートを読《よ》み耽《ふけ》ります。

綴《つづ》られていたのは古刀昼奈《ことうひるな》さんの言葉。

分量はそれほど多くなく、すぐに最後まで辿《たど》り着《つ》いてしまいました。

「――――」

ぱたりとノートを閉じる。

私は呆然《ぼうぜん》とした気分で天井を仰ぎました。鳥肌が立って仕方ありません。

逸夜《いつや》くん、やっぱりあなたは私にとって必要不可欠なのです。布団《ふとん》に包《くる》まって不貞腐《ふてくさ》れている場合ではないことがよく分かりました。

その時、ポケットに入れていたスマホが震動します。

慌てて画面を確認してみると——

『着信：ドロボウ』

ドロボウから電話がかかってきました。影坂《かげさか》ミヤのことです。もしもの時のために連絡先を交換しておいたのでした。

「もしもし」

『逸夜《いつや》を見つけたわ。これから取り返しに行く』

「え……!?」

『あんたも来るでしょ？　まさか引きこもってるわけないわよね？』

「それは……もちろんそうですが……」

『上出来よ。悔しいけど逸夜《いつや》を夜煌刀《やこうとう》にできるのはあんただけだからね——』

影坂《かげさか》ミヤは敵の居場所を教えてくれました。ここからそう離れていません。オフィス街のとあるビルの中みたいです。

『分かった？　はやく来ないと横取りしちゃうから。じゃーね♡』

「あ、あのっ……」

通話が切られてしまいました。私はスマホをしまって拳を握ります。

夜煌刀《やこうとう》を失ったナイトログが戦場に行く意味はあるのでしょうか。逸夜《いつや》くんのいない私なんて蟻《あり》んこみたいなもので、すぐに真っ二つになるのがオチ——

いいえ、そんなことは分かっているのです。

分かっていても分からぬフリをしなければなりません。

逸夜《いつや》くんは絶対に取り戻さなければならない。

だって彼は——私の大事なパ、パ、パートナーなのですから。

□

ブイイイインン……——

オフィスに刃が震動する音が響いている。

バリカンが髪を刈り取り、ぼとぼとと毛の塊が床に落ちていく。サラリーマン風のナイトログ、骸川《むくろがわ》ネクロは、驚愕《きょうがく》する俺をよそにみるみる丸坊主《まるぼうず》へと姿を変えていく。

「何……やってんだ……？」

「——……故心無罣礙無罣礙故無有恐怖遠離……——」

その奇妙すぎる展開に開いた口が塞がらなかった。

骸川《むくろがわ》がいきなりバリカンを取り出して頭を丸め始めたのである。

「――……羯諦羯諦波羅羯諦波羅僧羯諦菩提薩婆訶般若心経」

念仏が止まった。

そこに立っていたのは――坊主《ぼうず》頭となったスーツ姿の男。

わけが分からない。いや、分からないからこそ重要なのだろう。夜凪《よなぎ》ハクトは骸川《むくろがわ》の接続《せつぞく》礼式《れいしき》について「般若心経《はんにゃしんぎょう》を唱えること」だと言っていたが、髪を剃《そ》ることもまた礼式の一部なのかもしれなかった。

「――察しがいいな。いや知っていたのか。拙僧の接続礼式《せつぞくれいしき》は『般若心経《はんにゃしんぎょう》を最後まで読誦《どくじゅ》すること』。以降三十分間、愛刀を刀剣形態に変換することができる」

こいつはしょっちゅう腕時計に目を落としていた。

接続礼式《せつぞくれいしき》をするのに適切なタイミングを見計らっているのかもしれない。

「だが散髪は関係ない。拙僧は昼ノ郷《デイトピア》における隠れ蓑《かくみの》としてこの〝株式会社テクノポリス〟に勤めているが、本業は臨済宗の僧侶である。本格的な戦闘となれば、やはり元来のスタイルに戻ったほうがやりやすい」

「本格的な戦闘？　どういう」

風の流れが変わった。

不思議に思って振り返ろうとした瞬間——

背後から漆黒のレーザーが突き進んできた。

俺はなすすべもなくその場にうずくまる。

目の前を新幹線が通り過ぎていくような衝撃。デスクが吹っ飛び、コピー機が消滅し、窓ガラスが一斉に割れ、骸川《むくろがわ》の身体《からだ》を一瞬にして包み込んだ。

しかし、骸川《むくろがわ》の周囲には黄金の右腕が折り重なって障壁を作り上げていた。レーザーは直前で軌道を捻《ね》じ曲《ま》げられ、壁を粉々に砕きながら道路を挟んだ反対側のビルに命中。

ものすごい爆音がとどろいた。

無傷の骸川《むくろがわ》が無表情で顔を上げる。

その手には——いつの間にか独鈷杵《とっこしょ》の夜煌刀《やこうとう》が握られている。

「……紅玉《こうぎょく》を失ったナイトログは退場のはずだが」

「ルールなんて知ったことか。お父様から許可が出たのよ、好きなようにやりなさいってね」

「なるほど。それでこそ野蛮なナイトログらしい」

ふと気づく。エレベーターのところに影坂《かげさか》ミヤが立っていた。

ロングソードの和花《のどか》を装備しているところから見るに、戦闘の準備は万端なのだろう。このビルはすでにウサギのぬいぐるみで囲われているのだ。

彼女は俺の姿を認めると、不敵に笑ってこう言った。

「逸夜《いつや》、あんたを助けに来たわ。……どう？　私に乗り換えたくなったでしょ？」

□

目の前ではナイトログ同士の激闘が繰り広げられていた。お互いに接続礼式《せつぞくれいしき》をすませているため、派手な呪法《じゅほう》が飛び交うファンタジーバトルの様相を呈している。

「死ね」

影坂《かげさか》ミヤがロングソードを振るうと、その切っ先から影の衝撃波が飛んだ。

骸川《むくろがわ》はそれを独鈷杵《とっこしょ》で難なく受け流し、床を蹴って影坂《かげさか》ミヤに肉薄する。

目にもとまらぬ攻防の応酬だった。

やつらが呪法《じゅほう》を放つたびに突風が吹き荒れ、オフィスがぐしゃぐしゃに破壊される。影の奔流が床や天井を抉《えぐ》り、うなる黄金の右腕たちが会社の備品を薙《な》ぎ払《はら》っていく。

「ぐっ」

飛んできた無線マウスに頭を打たれた。ここにいたら巻き込まれて死ぬ可能性が高い。でも両手両足を縛める縄《いまし》はびくともしない。

「しぶといわねぇっ！　いつになったら死んでくれるの？」

「お前も知っているはずだ。六花《ろっか》戦争《せんそう》の公平性を保つため、紅玉《こうぎょく》を持っていない者は持っている者を傷つけることはできぬ。無駄な努力だ」

「そんなの殺してみなけりゃ分かんないでしょっ！」

「愚物め……」

影坂《かげさか》ミヤと骸川《むくろがわ》の斬り合いが終わる気配はない。

呪法《じゅほう》による余波は窓の外にまで飛び出し、隣の建物や通行人たちをも巻き込んでいる。

このビル自体は骸川《むくろがわ》による人払いが完了しているようだが、騒ぎを聞きつけた警察が押し寄せてくるのも時間の問題だった。

（くそ……俺はどうしたらいい⁉）

立ち向かうことも逃げることもできない。

これでは役立たずもいいところだ。

俺にはノアがいなければ——

「——逸夜《いつや》くん！」

幻聴かと思った。俺は悪夢から引き揚げられたような気分で顔を上げた。

舞い散るコピー用紙の向こう——エレベーターのところに純白の妖精が立っていた。

今にも泣きそうに表情を歪《ゆが》め、しかしハンカチで目元を拭うと、凛《りん》とした眼光を湛《たた》えたまま俺のほうへと駆けてくる。

その光景を見ているだけで胸が温かくなった。

そんな顔をされたら心が動いてしまう。

「逸夜《いつや》くんっ、やっと会えました……！」

ノアが突進するような勢いで抱き着いてきた。

受け止めることもできずに二人で倒れ込む。ふわりとただよう夜の香りに頭がやられ、すぐそこにある体温が幻なのではないかと思えてしまう。

「どうして……どうしてここに来たんだ」

「あなたは私のモノだから。遅くなってごめんなさい」

俺の身体《からだ》をぺたぺた触って無事を確かめた。やがて怪我《けが》がないことを悟ったのか、ほうと安堵《あんど》の溜息《ためいき》を吐くと、その紅色の瞳でジッとこちらを見つめてくる。

耐えきれなくなって目を逸《そ》らしてしまった。

ぴったり歯車のように視線を合わせられて恥ずかしいから――ではない。

こいつの秘密に確信を持ってしまったからだ。

「……ここは危ない。はやく逃げたほうがいい」

「もう逃げません。私は夜《よ》凪楼《なぎろう》のナイトログなので……戦わなければなりません」

その言葉には意外な力強さがこもっていた。

ノアだって薄々気づいているはずだ。たとえ骸川《むくろがわ》を倒しても、父親から認められることは絶対にない――しかし、こいつの瞳からは少しも輝きが失われていないから不思議だった。

「私は家族に認めてもらうために戦ってきました」

ノアはゆっくりと語る。

すぐそこでは生きるか死ぬかの戦いが行われているというのに。

「それは間違っていませんでした。こうしてあなたを見つけることができたのですから」

「お前、もしかして」

「湖昼《こひる》ちゃんの部屋に入りました」

入るなって言ったのに。こいつは不法侵入が大好物のようだ。

「そこに古刀昼奈《ことうひるな》さんの……あなたのお母様のノートが残されていたんです。たぶん逸夜《いつや》くんは気づかなかったのでしょう、そういう呪法《じゅほう》がかけられていたそうですから」

「湖昼《こひる》が『見るな』って言ってた日記か……何が書いてあったんだ」

「私のお母様が古刀昼奈《ことうひるな》さんだということが分かりました」

ノアの母親は俺の母親。

これが何を意味するのか分からないほど愚かではない。

「古刀昼奈《ことうひるな》さんはお父様の夜煌刀《やこうとう》でした。私という幼子を連れて戦っていたそうです。六花戦《ろっかせん》争《そう》が終わった後は夜ノ郷《ナイトピア》の夜凪楼《よなぎろう》でしばらく暮らしていたそうですが――」

影坂《かげさか》ミヤの影が柱を吹っ飛ばした。天井が軋《きし》む。それでもノアは語り続ける。

「ところが、昼奈《ひるな》さんにとって夜凪楼《よなぎろう》での暮らしは耐えがたいものでした。ほとんど幽閉されているような生活だったそうです。そこで昼奈《ひるな》さんは機を見計らい、反乱を起こして昼ノ郷《デイトピア》に帰るという作戦を決行しました」

「それは。骸川《むくろがわ》からも聞いたけど……」

「本当は私のことも連れ出す計画でした。でも夜凪楼《よなぎろう》のナイトログたちに妨害され、昼ノ郷《デイトピア》に辿《たど》り着《つ》くことができたのは昼奈《ひるな》さんだけだったのです。それから彼女は私を取り戻すための作戦を練りましたが、夜凪楼《よなぎろう》の刺客によって追い詰められ、身を隠すしかなくなってしまいました。昼奈《ひるな》さんは。……お母様は、ずっと私のことを想《おも》い続けてくれていたんです」

母は娘を異世界に置き去りにしてしまった。取り戻すために万策を尽くすのは当然だった。

結局、ノアと再会することなく命を落としてしまったけれど。

「……お前は、古刀昼奈《ことうひるな》と夜凪《よなぎ》ハクトの子供だったのか？」

ノアはふるふると首を横に振った。

「別のナイトログとの子だそうです。あのお父様とは血がつながっていないのです」

「じゃあ何で夜凪楼《よなぎろう》の子供に」

「お母様を誘《おび》き寄《よ》せるための人質だったのかも。……私は夜凪楼《よなぎろう》の長女として育てられることになりました。本当の名前は〝古刀湖昼《ことうこひる》〟だったのですが、お父様によって〝夜凪《よなぎ》ノア〟と改名させられたみたいです。そちらのほうがナイトログらしいからという理由で……」

「おかしい。俺は古刀湖昼《ことうこひる》とずっと一緒に暮らしてきたんだ。兄妹《きょうだい》として……」

「それは幻覚ですよ」

ノアは悲しそうな目で俺を見下ろしてきた。

「あなたが妹さんと過ごした事実はありません。すべて妄想のお話だったのです」

「…………」

そうだ。昔は湖昼《こひる》の存在に疑問を持たなかった。

だが時が経《た》つにつれて疑問が芽生え始めていたことは事実だ。

「本当は湖昼《こひる》はいないんじゃないか？」——そんな疑問だ。

「……こんなことをお伝えするのは、本当に心苦しいのですが」

ノアは拳をぎゅっと握ってうつむく。

「お母様は……望みをあなたに託したのです。いつかお父様に捕まって処分されるのを悟っていたのでしょう。自分が消えた後も娘を守ってくれる存在が必要だった。でも見ず知らずの他人のために命をかけられる人間はいません。だからお母様は呪法《じゅほう》を用い、あなたにイマジナリーの妹を植えつけたのです。ステージ5の夜煌刀《やこうとう》だから、自ら呪法《じゅほう》を使うことができたそうです。そしてその妹のことを溺愛するように思考を誘導した……」

「で、でも。お前と湖昼《こひる》は性格が全然違う」

「それは仕方のないことです。お母様は私の性格がどんなものになるのか分からなかったはずですし、あなたに植えつけられた古刀湖昼《ことうこひる》も独自の成長を遂げた可能性があります」

母は「湖昼《こひる》を大切にしなさい」と何度も説いた。

あれはノアの絶対的な味方を生み出すための策略に他ならない。

俺は作られたシスコン。湖昼《こひる》の声は、あの「お兄ちゃん」と囁《ささや》く優しい声は、すべて母の呪《じゅ》法《ほう》によるもの——否、俺の妄想だったのだ。

「あなたはこれまで妹に対する愛情を育んできました。いえ、育まされてきました。この呪法《じゅほう》の期限は、本物の兄と妹が相対するまで。正確には私が昼ノ郷《デイトピア》にやって来る瞬間まで。期限を迎えると、逸夜《いつや》くんの湖昼《こひる》ちゃんに対する愛情はすべて夜凪《よなぎ》ノアに対するものへと変換されることになります。あなたが好きで好きでたまらない湖昼《こひる》ちゃんは、この私なんです」

ノアが昼ノ郷《デイトピア》を訪れたのは四月二十八日。湖昼《こひる》が俺の前から消えたのも四月二十八日だ。

時期的な辻褄《つじつま》は合っている。

「逸夜《いつや》くん」

ノアは俺をまっすぐ見つめて言った。

「私は家族に認められたい。あなたに認めてもらいたい。それが今の私の目的……だからお願い申し上げます。あなたの妹になってもいいですか。二人で力を合わせれば、どんな困難も乗り越えてゆけると確信しております」

これを拒否すれば世界が終わる気がした。

俺は結局、母によって用意されたピースにすぎなかった。古《こ》刀《とう》逸夜《いつや》の自由意思はみるみる霧散していき、目の前の白い少女に対する愛情がとめどなくあふれてきた。

母は妹を生かすために兄の心を踏みにじった。

それは一見すれば非情だが、俺に文句を言う権利はなかった。

母は俺を拾ってくれた。愛情を注いでくれた。それは紛れもない事実なのだから。

「……正直言って頭が混乱している」

「でしょうね……」

「でも、お前が俺のパートナーであることに変わりはない。色々なナイトログと出会って思い知ったけど、俺を上手《うま》く使えるのはお前だけだ」

「じゃあ……」

「こちらこそ。よろしく頼む」

俺はノアをまっすぐ見つめ返して言った。

ノアの目が見開かれていく。

これまで見たことがないほど特大の笑顔が弾《はじ》けた。

「はいっ！　お兄ちゃんっ」

――ああ。似ている。

この笑顔は母のものとそっくりだ。やっぱり親子で間違いない――

「――骨の折れる。無駄な体力を消耗してしまった」

吐き捨てるような声が聞こえた。

もはや原形すらとどめていないオフィスの中央に、スーツの僧侶が立っている。

その傍《かたわ》らに倒れているのは、傷だらけになった金髪少女。頭から出血して意識を失っているようだが、命までは取られていないらしい。

骸川《むくろがわ》は俺たちのほうを睨《にら》みつけ、

「しかし、仲間に加勢しないとは薄情だな。接続礼式《せつぞくれいしき》もせず無駄話に花を咲かせるとは」

「影坂《かげさか》ミヤは仲間じゃありませんし、逸夜《いつや》くんとのお話は無駄話でもありません。逸夜《いつや》くんに私の事情を語ることは必須の条件。彼にとっての接続礼式《せつぞくれいしき》みたいなものです」

「……？」

「逸夜《いつや》くん。血を吸わせてください」

ノアがもぞもぞと抱き着いてくる。

首に腕が回され、遠慮がちに唇を近づけてきた。

しかしそれを見過ごす骸川《むくろがわ》ではない。独鈷杵《とっこしょ》を軽く振ると、黄金の右腕がオフィスのいたるところから生えてきた。それらが俺たちに向かって一斉に襲いかかってきて——

「ノア様！　好きなだけ吸っちゃってくださいっ」

フロア全体に炎の渦が発生した。

黄金の腕が溶けるようにして消えていく。

骸川《むくろがわ》は驚愕《きょうがく》して踏鞴《たたら》を踏み、目の前に突如として現れた赤髪のメイドを睨《にら》みつける。

片手に夜煌刀《やこうとう》を構えた火焚《ひだき》カルネが立ちふさがっていたのだ。

「時間は稼がせてもらいます！　というか私が倒しちゃうかもしれません！」

《無理だって。僕らは紅玉《こうぎょく》を持ってないんだから……》

「関係ありませんね！　こないだやられたぶんはキッチリお返ししますよっ！」

「次から次へと。邪魔だ」

カルネと骸川《むくろがわ》が激突して火花を散らせた。

石木《いしき》の炎が辺りを覆いつくし、オフィスは火山に放り込まれたような有様《ありさま》に変貌。それでも骸川《むくろがわ》は怯《ひる》む様子を見せず、独鈷杵《とっこしょ》を自在に振り回してカルネの攻撃をいなしていく。

「逸夜《いつや》くん……いえ、お兄ちゃん」

このチャンスを逃すまいとノアが身体《からだ》を押しつけてきた。

鋭い歯で皮膚を食い破り、夢中になって血を吸い取っていく。心の中にわだかまっていた迷いが晴れ、腕の中で身じろぎしている少女への愛が無尽蔵に湧き出てくるのを感じた。

これこそが。

これこそが俺の守るべきものだったのか。

「お兄ちゃん……お兄ちゃんっ……」

「ノア……」

すべては妹のための行動だった。その妹がちょっと想定とは違うことになっていたとしても、俺の目的は一貫して変わることがない。ノアと力を合わせて敵を倒せばいいのだ。

決意を新たにした瞬間――

俺の身体《からだ》は濃い宵闇へと変化していった。

□

「――骸川帳《むくろがわちょう》っ！」

逸夜《いつや》くんを握りしめると無限の勇気が湧いてくるのです。

【不死輪廻《ふしりんね》】による肉体修復だけではありません、この人は私の味方なんだ――そう考えるだけで心が温かくなってくるから不思議です。

私は間髪容れずに走り出しました。

ふと、ひっくり返ったデスクの近くにお腹《なか》を切り裂かれて昏倒《こんとう》しているメイドの姿が見えました。ごめんなさいカルネ、今すぐ仇《かたき》を討ってあげます。

「哀れだな。落ちこぼれの令嬢が」

「落ちこぼれでも！　私には逸夜《いつや》くんがいますっ！」

夜煌刀《やこうとう》を叩《たた》きつけるように振り下ろす。

骸川帳《むくろがわちょう》は素早い身ごなしで回避。

私は休む暇も与えずに剣戟《けんげき》を撃ち込み続けました。柄から途轍《とてつ》もないエネルギーが流れてきて、心身が心地よい全能感に包まれていきます。この人が一緒にいてくれるなら、相手が神であっても勝てる気がしてくるのです。

《後ろに回ったぞ！》

「はい！」

高速で逸夜《いつや》くんを振るいます。

骸川帳《むくろがわちょう》の腹部が抉《えぐ》れ、真っ赤な血が飛び散りました。

さらに斜め後ろに立っていた柱までもが真っ二つに。

天井が音を立てて崩れ始める。瓦礫《がれき》と埃《ほこり》が降りそそぎ、視界が真っ白に閉ざされた直後、その暗幕を縫うようにして黄金の拳が直進してきました。

トラックに撥ね飛ばされたような衝撃がお腹《なか》に伝わります。

私の身体《からだ》はひとたまりもなく吹き飛ばされました。

《ノア！　大丈夫か⁉》

「だ……だい、」

内臓がかき乱される感覚に吐き気を覚え、
しかし【不死輪廻《ふしりんね》】によって身体《からだ》のコンディションが瞬時に全快。

「――大丈夫ですっ！」

私は刀を握り直し、掛け声とともに反撃に転じます。

骸川《むくろがわ》の眉がぴくりと動きました。

「無限の回復。身体能力の強化。古刀昼奈《ことうひるな》以上の性能やもしれぬ……」

「はああっ」

一心不乱に逸夜《いつや》くんを叩《たた》き込む。骸川帳《むくろがわちょう》は独鈷杵《とっこしょ》のような夜煌刀《やこうとう》で防御を試みますが、完全に捌《さば》ききることはできず、私が刀を振るうたびに血の飛沫《しぶき》が宙に浮きました。

「……これほどとは……」

だんだん骸川帳《むくろがわちょう》の表情から余裕が消えていきました。

私がこれまで満足に夜煌錬成《やこうれんせい》を発動できなかった理由、それは私がナイトログと人間、両方の血を引いているからでしょう。ナイトログは生まれつき己の接続礼式《せつぞくれいしき》を常夜神《とこよがみ》から示唆されていますが、私はそれに従っても夜煌刀《やこうとう》を作り出すことができなかった。

まさに夜凪《よなぎ》ノアが半人前である証拠です。

でも、逸夜《いつや》くんと一緒なら一人前になることができる。

「隻手よ。音を奏《かな》でろ」

独鈷杵《とっこしょ》が震動しました。床、天井、壁――四方八方から黄金の右腕がにょきにょきと生え、弓から放たれた矢のような速度で襲いかかってきます。

私を握り潰すつもりなのでしょう。しかしそう簡単にはいきません。逸夜《いつや》くんから伝わってくるエネルギーに後押しされた私は、オフィスの障害物を足場にしながら縦横無尽に右腕たちを斬り裂いていきました。

《斬った感触が気持ち悪い……》

「後でお手入れしてあげますね」

黄金の右腕はいとも容易《たやす》く破られていきます。

弾《はじ》け飛ぶ腕、狼狽《ろうばい》する骸川帳《むくろがわちょう》。

「馬鹿な……」

これまでは出来損ないと蔑まれてきました。

でも、もう周りの目なんて気にしなくていいのです。

お母様の思いは伝わったから。私には古刀逸夜《ことういつや》がついていてくれるから。私のことを心配してくれる人がいるから。それだけで私は立ち上がることができるから――

《お前の負けだ！　骸川《むくろがわ》！》

「はあああああっ……――!!」

骸川帳《むくろがわちょう》は呆然《ぼうぜん》と立ち尽くしていました。

ぎゅっと柄を握り直す。瓦礫《がれき》を蹴って加速する。

そのまま容赦なく刀を振り下ろそうとして――

「──やめろ。拙僧は死にたくない」

「⁉」

思わず急ブレーキをかけてしまいました。

何が起きても泰然自若としていた骸川《むくろがわ》の顔つきが、死への恐怖に歪《ゆが》んでいるのです。無視するべきだと頭では分かっているのに、心がチクリと痛んで足が痺《しび》れていきました。

《──罠《わな》だ！　止まるなノア！》

逸夜《いつや》くんの声で我に返りました。

咄嗟《とっさ》に下を向くと、床から生えてきた右腕に足首をつかまれていることに気づきます。刀で突き刺そうとしましたが、今度は天井から生えてきた腕に手首を握られてしまいました。

「お前は優しすぎる。ナイトログとは思えないほどに」

骸《むくろ》川《がわ》の顔からは恐怖が消えていました。

逸夜《いつや》くんの言う通り、私を怯《ひる》ませるためのハッタリだったのでしょう。

「ぐ……は……、放して……くださいっ……！」

「【不死輪廻《ふしりんね》】とやらの脅威は、驚異的な再生力と身体能力強化。だが全身の動きを封じてしまえば何も怖くない。そして──」

にょきにょきと大量の右腕が生えてきます。

そのまま私のお腹《なか》を貫くつもりなのか──と身構えましたが、なんと右腕たちは網目のように交差し、そのまま骸川帳《むくろがわちょう》の身体《からだ》を包み込んでいきました。それはさながら防御壁、いや、シェルターのようなものでしょうか。

《骸川《むくろがわ》……！　何をするつもりだ!?》

「これは拙僧を守る砦《とりで》だ。――どんな攻撃をしても回復される、ならばその回復が間に合わぬほどの衝撃を与え続ける必要がある。そのための準備は整っているのだ」

私はハッとしました。

骸川帳《むくろがわちょう》がわざわざこんなビルで待ち伏せをしていた理由。

ひょっとすると、私たちは誘《おび》き寄《よ》せられたのかもしれません。

黄金の右腕に隠されていく骸川《むくろがわ》の手にはスマホが握られています。

その画面に指を添えながら、

「――隻手よ。拙僧を守り給《たま》え」

骸川帳《むくろがわちょう》がかすかに指を動かした直後。

世界を包み込むような衝撃が走りました。

□

東京郊外に屹立《きつりつ》するビル――株式会社テクノポリスの本社。

先ほどから不審な爆発音が連続しており、割れた窓ガラスが降ってくるなどの異常事態が発生している。

が、人々には何が起きているのか見当もつかない。

面白い見世物でも見るかのようにスマホを構えている。

「おい」

野次馬の一人が声をあげた瞬間のことだった。

ビルの中ほどのフロアが火を噴いた。ように見えた。それからは瞬《まばた》きをする暇もなかった。

人間には知るよしもないが、骸川《むくろがわ》ネクロが仕掛けておいた設置爆弾が建物の急所を砕いたのである。ビルは漆黒の煙を吐きながら傾き、ゆっくりと地に落ちていく……——

人々はなすすべもなく吹き飛ばされていった。

事件の首謀者たる骸川《むくろがわ》ネクロには良心の呵責《かしゃく》もないのだろう。

ナイトログにとって、人間は虫けらにすぎないのだから。

□

夜煌錬成《やこうれんせい》が解除されてしまった。

人間の姿に戻った俺は、背中の痛みを堪えながら周囲を見渡す。

地獄のような光景が広がっていた。

辺りにごろごろ転がっているのは、巨大なコンクリートの塊。濛々《もうもう》とした砂煙が陽光をさえぎる闇のように立ち込めている。遠くからかすかに聞こえてくるサイレンは、未知の獣の咆哮《ほうこう》のようにも聞こえた。

いったいどんな手段を使ったのか知らないが、骸川《むくろがわ》がビルを倒壊させたのだ。

よく死ななかったものだと安堵《あんど》の溜息《ためいき》を吐きそうになった時、俺は絶望的な事実に気づいてすぐ隣に目を向けた。

夜凪《よなぎ》ノアが倒れていた。

無骨なアスファルトに四肢を投げ出している。

天蚕糸《てぐす》のようにきれいな白髪が地面に広がっている。

その身体《からだ》を中心として、真っ赤な血だまりも広がっている。

「――ノア！　しっかりしろ！」

俺はほとんど泣き叫びながら近寄った。

かすかに呼吸をしている。でも放っておいたら死んでしまう。俺の【不死輪廻《ふしりんね》】では回復しきれなかったのかもしれない。ノアがこんな目に遭うことになった原因は俺なのだ。俺が骸川《むくろがわ》に捕まったからこんなことになったのだ。

（俺は……ノアのために……）

ノアのために生きてきた。

ノアを幸福にすることが俺の役目だった。

それなのに。この結末は――

「くそ！　死ぬなっ」

俺は必死でノアの名前を呼んだ。

ノアには俺しか残されていない。俺にもノアしか残されていない。俺がもっと早く気づいてあげられればよかった。こいつに「戦う必要なんてない」と教えてあげられればよかった。

「――まだ生きているとは」

足音が聞こえた。俺はゆっくりと振り返る。

「しかし想定内だ。死なれたらむしろ拙僧の流儀にもとる」

「お前……！」

骸川《むくろがわ》が涼しい顔をして立っていた。

六花戦争《ろっかせんそう》は容赦のない殺し合いだ。やつを恨むのはお門違いもいいところ。

そんなことは分かっている――分かっているのだが憎しみの感情が止まらなかった。

「殺生《せっしょう》は嫌いなんじゃなかったのかよ⁉　通行人も巻き込みやがって……」

「拙僧の手による殺しではない。戯《たわむ》れにビルを倒壊させたら、たまたま運の悪かった人間が幾人か死んだだけのこと」

屁理屈《へりくつ》。

「だがこうなった以上、夜凪《よなぎ》ノアは揹僧が手を下さねばならぬ。大事了畢《りょうひつ》のためにはそれくらいの罪業《ざいごう》を背負う覚悟はできている。さあ終わらせようではないか、このくだらぬ戦争を」

「駄目だ……ノアは殺させない……！」

「早いか遅いかの違いだ。夜凪《よなぎ》ノアはどうせ夜凪《よなぎ》ハクトに処分される。それはお前も承知していたことだろう」

「そんなことはさせないって言ってるだろ！　俺がこいつを守る！」

「守れていないではないか」

反論の余地もない指摘だった。

骸川《むくろがわ》がゆっくりと近づいてくる。

ノアの命が失われようとしている。

しかし身体《からだ》が動かない。

どうしたら——

《——逸夜《いつや》。あと少し頑張って》

誰かが話しかけてきた。

俺は悪夢に魘《うな》されているような気分で顔を上げる。

スーツ姿のナイトログの後ろに、にっこりと微笑《ほほえ》みを浮かべた少女が立っている。

「こ、湖昼《こひる》？　いや……」

姿形は古刀湖昼《ことうこひる》に似ていた。

一カ月ちょっと前、俺の意識から消《き》え失《う》せた架空の妹。

でも湖昼《こひる》の正体はノアだったはずだ。あの少女はいったい……——そこで奇妙なひらめきを得た。それはほとんど直観に近かった。あんなふうに優しく語りかけてくる人物は一人しか知らなかった。五年前にいなくなってしまったあの人しか考えられない。

《気づいたようだね。でもそのことに意味はない》

そうだ。あんたの正体が誰であっても状況は好転しない。身体《からだ》中が痛くて立ち上がることができない。妹を守ることができない。

《あなたは私が夜ノ郷《ナイトピア》から逃げる時に拾ってきた孤児。暗闇の中で泣いていた迷子。そして数奇なことに——ノアと同じで昼と夜の性質を宿している》

湖昼《こひる》の姿は骸川《むくろがわ》には見えていないようだった。

やはり俺の妄想なのかもしれない。

湖昼《こひる》は、あの人は、眩《まばゆ》い瞳で俺を見つめていた。

《バスが横転したあの日から。ずっと私はあなたの中に宿っていた。私は対象の精神を改変することができるから。あなたには頑張ってもらわなくちゃいけないの。二人で平穏な日々を過ごしてほしい、でもそれを邪魔する敵が多すぎる。敵は必ず倒さなければならない。だからこういう回りくどい手段をとるしかなかった——あとちょっとだけ頑張って。湖昼《こひる》と同じようにすれば、神様はあなたに微笑《ほほえ》んでくれるはずだから》

「——無駄な抵抗はするな」

いつの間にか骸川《むくろがわ》がすぐそこにいた。

湖昼《こひる》は光となって消えてしまっている。

だが俺は悟りを得た。ノアの口から語られた真実と、古刀昼奈《ことうひるな》の口から示唆された突破口。

この二つを併せて考えれば、目の前のナイトログの鼻を明かす方法は容易に浮かんでくる。

俺は倒れているノアに目を向けた。

その手首を握る。

折れてしまいそうなほど細い腕。

それをゆっくりと口元に手繰り寄せ、
かぷりと皮膚に歯を立てた。

「気がふれたか」

骸川《むくろがわ》の動揺を無視してノアの血を舐《な》める。

意識が宵闇に包まれるような感覚。

これがナイトログの接続礼式《せつぞくれいしき》。

「……夜煌錬成《やこうれんせい》」

夜凪《よなぎ》ノアという少女の身体《からだ》が宵闇へと変化していく。底無し沼のように広がる夜の奥へ、ゆっくりと手を伸ばす。彼女の胸の中心部にあったのは、光り輝く鋼の感触。

それを確かめるように握りしめて——

抜刀した。

□

「は——」

骸川《むくろがわ》ネクロが見たもの。

それは、自分の左手が血飛沫《ちしぶき》をぶちまけながら吹っ飛んでいく光景。

痛みはない、感じる暇もない、意識の埒外《らちがい》からの一撃によって容易《たやす》く斬り飛ばされてしまったのだ。

(何が)

起こったのか分からなかった。

ふと気づく。

眼前に古刀逸夜《ことういつや》が立っている。先ほどまで死にかけだったはずなのに、そういう雰囲気を微《み》塵《じん》も感じさせない、力強い眼光をこちらに突き刺している。

右手に携えているのは刀だ。

刀身は初雪のように繊細な白銀。それでいて陽光を寄せ付けない静謐《せいひつ》な夜の空気を放っている。今まで見たことがないくらいに美しい刀だった。それこそ古刀昼奈《ことうひるな》や古刀逸夜《ことういつや》に匹敵するくらいの業物。

そうして骸川《むくろがわ》は恐るべき事実に思い至った。

「夜煌刀《やこうとう》にしたのか……夜凪《よなぎ》ノアを……」

古刀逸夜《ことういつや》が夜凪《よなぎ》ノアを握ったまま近寄ってくる。

左手の切断面から痛みが這《は》い上《あ》がってきた。冷静な判断など不可能だった。それほどまでに目の前の光景は現実離れしていた。

二つの疑問が浮かぶ。
　一つは、何故《なぜ》夜凪《よなぎ》ノアが夜煌刀《やこうとう》になったのか。
　もう一つは、何故《なぜ》古刀逸夜《ことういつや》が夜煌錬成《やこうれんせい》を発動できたのか。
　何もかも理解が及ばない――
「ノアは殺させない」
　古刀逸夜《ことういつや》が踏み込んできた。
　咄嗟《とっさ》に呪法《じゅほう》・【隻手拈提《せきしゅねんてい》】を発動。
　黄金の腕が高速で出現して骸川《むくろがわ》本体の防御に回る。
　夜煌刀《やこうとう》が叩《たた》きつけられる衝撃が響いた。
　それだけで黄金の右腕たちはバターのようにスライスされていく。
(馬鹿な。切れ味が……――)
　骸川《むくろがわ》が所持する夜煌刀《やこうとう》はステージ4。
　呪法《じゅほう》の強さもそれなりであり、生半可な攻撃では歯が立たないはずだった。
　一瞬の隙を狙って独鈷杵《とっこしょ》の一撃をお見舞いする。
　先端の刃物が古刀逸夜《ことういつや》の頬を掠《かす》り、真っ赤な血が飛び散って――
　次の瞬間、黒い闇のようなものが傷を覆っていった。
　気づいた時には何事もなかったかのように血が止まっている。

（まさか。夜凪《よなぎ》ノアの呪法《じゅほう》……⁉）

古刀逸夜《ことういつや》の【不死輪廻《ふしりんね》】と同じ性質なのだろう。

無尽蔵の回復力、そして圧倒的な身体能力。これを破るためには再びビルを爆破するほどの仕掛けが必要だが、もちろんそんな手はもう残されていなかった。

骸川《むくろがわ》は舌打ちをして後退した。

古刀逸夜《ことういつや》が光の速度で踏み込んできた。

白銀の夜煌刀《やこうとう》は何の変哲もない袈裟《けさ》斬りの軌道を描き、辛《かろ》うじて身を捻《ひね》った骸川《むくろがわ》の胸元を薄く切り裂いていった。

血が飛ぶ。激痛が走る。

「この……」

至近距離から独鈷杵《とっこしょ》を叩《たた》きつけようとして、

右手に違和感。

いつの間にか神速の剣戟《けんげき》が振るわれていた。

右手首すらも吹っ飛んでいくのが見えた。

骸川《むくろがわ》はその場で苦し紛れの蹴りを放つ。

しかし古刀逸夜《ことういつや》は左手でそれを受け止めてしまった。

「なんということだ。夜凪《よなぎ》ノアにそんな秘密が隠されていたとは――おがッ」

天地がひっくり返った。

気づいた時にはアスファルトの上で仰臥《ぎょうが》している。

立ち上がろうとしても無駄だった。

殺気を滾《たぎ》らせた古刀逸夜《ことういつや》がすぐそこに立っていた。

「紅玉《こうぎょく》はもらう。ノアが勝者だ」

「お前は……ナイトログなのか……？」

「どうでもいい」

骸川《むくろがわ》は天外《てんがい》を手に入れるために最善を尽くしてきた。もっとも邪魔になる夜凪《よなぎ》ノアを仕留めるために努力を怠らなかった。そのはずなのに。

何だこれは。

こんな展開は聞いていない。

夜凪《よなぎ》ノアは。古刀逸夜《ことういつや》は。想定以上のバケモノではないか。

ふと、古刀逸夜《ことういつや》の瞳が紅色の輝きを発したように見えた。

まさかこの男は――

「待」

容赦なく刀が振り下ろされた。

もはや何もできることはなかった。

骸川《むくろがわ》は仏に祈りながら降ってくる刃を見上げていた。

□

俺の中にあるもっとも古い記憶――それは、ぬばたまの闇の中で泣いていた時のことだ。自分がどこから来たのか分からず、どこにいるのかも分からず、ただただ肌寒い夜風にさらされながら震えていた。そんな時に手を差し伸べてくれたのが古刀昼奈《ことうひるな》だった。

ようやく分かった。あの闇に包まれた場所は夜ノ郷《ナイトピア》だったのだ。

夜煌錬成《やこうれんせい》を発動できたことから察するに、俺は人間だけでなくナイトログとしての性質も持ち合わせていたらしい。ナイトログと人間の決定的な違いは夜煌錬成《やこうれんせい》を発動できるか否《いな》か、そして飽くなき闘争本能を持っているか否《いな》か。

前者はともかく、後者に覚えはない。

だが、そのおかげで骸川《むくろがわ》を倒すことができた。

ビルの残骸の傍《かたわ》らに骸川《むくろがわ》が転がっている。

斬られた傷からとめどなく血があふれ、アスファルトに真っ赤な川を作り上げていた。必死だったというのもあるが、あいつを殺すことに大した抵抗はなかった。

「ネクロ様、ネクロ様……わたしを置いてゆかないでください。ネクロ様ぁ……」

骸川《むくろがわ》に寄り添うようにして少女が泣いている。

年の頃は十二、三。骸川《むくろがわ》が装備していた独鈷杵《とっこしょ》の人間形態だ。その儚《はかな》げな姿には同情を喚起させられるが、いちいち気にしていたら俺たちの願いは叶《かな》わない。

その時——握っていた刀が宵闇へと変化していった。

夜煌錬成《やこうれんせい》が解除されたのだ。

ふわりと俺の腕に収まったのは、真っ白い少女——夜凪《よなぎ》ノア。

その瞳が、ゆっくりと、ゆっくりと開かれていく。

「逸夜《いつや》……くん……」

「ノア……！　大丈夫か？」

「はい。なんとか……」

衣服はぼろぼろだが、傷はすっかり治ってしまっている。

存在を夜煌刀《やこうとう》に変換された影響に違いなかった。

「……あの。私は夢を見ていたのでしょうか。なんだか私が刀になって逸夜《いつや》くんに振り回されていたような気がするのですが……」

「たぶん夢じゃない。手を見てみろ」

ノアは言われるままに視線を落とした。

そこには夜煌刀《やこうとう》になった証《あかし》、夜煌紋《やこうもん》がくっきりと刻まれていた。

菱形《ひしがた》の萼《がく》——つまり、俺と同じステージ0。なりたてほやほや。

ノアはこの世の終わりのような顔をした。

「な、何で？　逸夜《いつや》くんってナイトログだったのですか？」

「分からん。ノアと似たような感じかもしれない」

「ど、どうするんですか！　私は逸夜《いつや》くんのモノになってしまったってことですよね？　逸夜《いつや》くんは私のモノなのに？　頭が混乱しておかしくなってきました……」

「そんなことは後で考えればいいだろ。今はやるべきことがある」

「でも」

「俺たちは六花戦争《ろっかせんそう》で優勝したんだ——立てるか？」

俺はノアをゆっくりと地面に下ろした。

ポケットを漁《あさ》り、先ほど骸川《むくろがわ》から回収しておいた二つの紅玉《こうぎょく》を取り出す。

骸川《むくろがわ》自身のものと、苦条《くじょう》ナナのものだ。これを一つでも手放した時点でそのナイトログは六花戦争《ろっかせんそう》の参加資格を失う。つまり、今この瞬間で生き残っている者はノアだけとなった。

ノアはしばらく呆《ほう》けたように紅玉《こうぎょく》を見つめていた。

やがて潤んだ瞳で俺の顔を見上げ、

「信じられません。私が優勝できるなんて……」

「お前が頑張ったからだよ。……で、優勝賞品はどうやったらもらえるんだ？　湖昼《こひる》のことはもう解決したからいいけど、この惨状をなんとかしないと……」

俺は苦々しい気分で周囲を見渡した。

巨大地震でも起きたかのような状態だ。しかしこれだけではない、六花戦争《ろっかせんそう》は多くの犠牲を出した。不埒《ふらち》なナイトログによってナマクラにされた人々を――とりわけ2年A組のクラスメートたちを元に戻さなければならない。

「貸してください。たぶん六つ集めて願いを込めればなんとかなります」

ノアは二つの紅玉《こうぎょく》を受け取ると、すでに所持していた四つと合わせて両の掌《てのひら》に乗せた。

固唾《の》を呑んで見守る。やがて六つの紅玉《こうぎょく》から真っ黒いモヤモヤがほとばしった。

それは――濃密な夜の気配。夜ノ郷《ナイトピア》に満ちている静かなるエネルギーだった。宵闇は俺たちの目の前で妖怪のように広がっていき、やがて一つの形を作り上げる。

ぱりん、と何かが割れる音がした。

ノアの掌中にあった紅玉《こうぎょく》たちが粉々に砕けたのだ。

そのかわり、目の前には一振りの剣が重力に逆らって浮いていた。

剣、なのだろうか。

刀身から六つの枝のようなものが分かれており、戦闘に使うものではないように思われた。歴史の本に載っていた七支刀《しちしとう》に似ている気もするが、その禍々《まがまが》しい気配は尋常ではない。まるで俺たちを待っていたかのようにフワフワと浮遊している――

（何だこれ？　夜煌刀《やこうとう》……？）

俺はその威圧感に呑《の》まれて動けなかった。

ノアが恐れを知らずに一歩前へ出た。

「あ、あなたが天外《てんがい》さんですか……？　もしよければ、私たちのお願いを聞いてくれると助かるのですが……」

「それはできない」

ノアの肩が跳ねた。俺も驚愕《きょうがく》して七支刀を凝視した。

てっきり刀が喋《しゃべ》ったのかと思ったが、そうではなかった。

浮遊する刀の向こう――瓦礫《がれき》の上に、見覚えのある男が立っていた。

「――ノア。よく頑張ったね」

「お父様っ……!?」

情愛のまったく感じられない狐《きつね》のような笑顔。

髪の白さはノアに似ているが、それが単なる偶然であることを俺は知っている。

夜凪楼《よなぎろう》当主、夜凪《よなぎ》ハクトは、マントを風になびかせ、極めて友好的な雰囲気を醸《かも》しながら近づいてきた。

「本当に優勝してしまうとは思わなかった。落ちこぼれにしては快挙じゃないか。帰ったらパーティーを開催したいくらいさ――もちろんきみたちの席はないがね」

「何をしに来たんだ。お前は夜ノ郷《ナイトピア》にすっこんでろよ」

「娘が六花戦争《ろっかせんそう》で優勝したんだよ？　父親としてその姿を見届けるのは当然の義務だ」

よくそんな殊勝なことが言えるものだ。

ノアのことなんて何とも思っていないくせに。

そして、この男は古刀昼奈《ことうひるな》を殺した張本人でもある。

必ず報いを受けさせてやらなければならない。

「――見たまえ。なんと禍々《まがまが》しい姿ではないか。さすが天外《てんがい》だな」

「お父様、天外《てんがい》とはいったい何なのですか……？」

「天外《てんがい》という言葉の意味か？」

夜凪《よなぎ》ハクトは鼻で笑って言った。

「きみたちは勘違いしているようだが、天外《てんがい》はそもそも願いを叶《かな》えるための道具ではない。ステージ6に至った夜煌刀《やこうとう》、つまり天地の理から外れた最強の武器のことを総じて天外《てんがい》というのだ。今回の六花戦争《ろっかせんそう》の景品は『願いを叶《かな》えることができる呪法《じゅほう》を持った天外《てんがい》』なのだが――まあ、きみたちにとっては何でもよかろう」

この奇妙な形の刀はやっぱり夜煌刀《やこうとう》だったのだ。

ただ、俺や石木《いしき》のようにしゃべる気配がない。気を失っているのか、眠っているのか、あるいはそもそも人間の意思が宿っていないのか――いやそんなことよりも、

「お、お父様っ」

ノアが上擦った声を出した。

俺の服の裾をぎゅっと握りしめながら。

「この天外《てんがい》は……私が六花戦争《ろっかせんそう》で優勝したから出現したんです。私は夜凪楼《よなぎろう》のために勝ちました……今までずっと蔑まれてきたけど、どうしようもないダメダメのナイトログだったけど、お父様に認めてもらいたくて頑張ったんです……だから……」

「そうだね。ノアは頑張った。だからもう用済みだな」

ノアが息を吞《の》んだ。夜凪《よなぎ》ハクトは出し惜しみをするつもりがないらしい。俺は震えるノアの肩に手を置くと、目の前の敵にありったけの憎しみを込めた視線を送った。

「さっさと帰れ」

「帰らないさ。私はこの天外《てんがい》に用があるのだ。ノアは本当によくやってくれたよ——これまで何度も処分してしまおうかと思ったけれど、この時のためにとっておいて正解だった。おかげ様で私は最強の力を手に入れることができるのだから」

「ノアにも天外《てんがい》にも手出しはさせない！」

「ノア。きみは夜凪楼《よなぎろう》のためによく働いた。そろそろ死んではくれないか」

空気が一瞬にして凍りついた。

この人は何を言っているのだろう——ノアはそういう顔をしていた。

「気づいているだろう？　きみはナイトログと人間、両方の血を受け継いでいるのだ。そんな中途半端《ちゅうとはんぱ》な存在が夜凪楼《よなぎろう》の次期当主になれるはずもない。そもそも私の娘でも何でもないのだから、本来なら存在自体が罪なんだよ」

「なら、どうして……どうして、私を育ててくれたのですか……」

「実験だ。〈忘恩《ぼうおん》〉が良質な夜煌刀《やこうとう》だったから、その娘もいずれ母親に匹敵するくらいの夜煌刀《やこうとう》に成長するかと思ったのだが」

夜凪《よなぎ》ハクトは大袈裟《おおげさ》に溜息《ためいき》を吐いて言った。

「——駄目だった。全然駄目だ。きみには夜煌錬成《やこうれんせい》すら通用しなかった。あの手この手を試してみたが、やはりナイトログの血が邪魔をしているという結論に至った。きみは人間とナイトログの悪いところばかりを継承したのだ。人間らしく愛を求めるがゆえに闘争心が欠落しているし、ナイトログの性質を持っているから刀になることもできない」

「そ、そんな……」

「きみは昼奈《ひるな》になるはずだったのに。昼奈《ひるな》の優しい笑顔を、昼奈《ひるな》の強大な力を、この手に馴染《なじ》む握り心地を、その身に宿すはずだったのに。しかし、ああ昼奈《ひるな》、お前の娘はとんでもない出来損ないだったよ。私にはお前が必要だったのに、よくも私を裏切ったな……」

大の男が頭を抱えてブツブツと恨み言を漏らす様は正視に堪えない。

こいつは今でも俺の母親に執着しているらしかった。

「だからもう夜凪《よなぎ》ノアは必要ないんだ」

ノアの身体《からだ》が強張《こわば》った。

「利用価値がなくなってしまった」

ぽろりと涙がこぼれる。

「古刀昼奈《ことうひるな》の遺《のこ》したものはすべて処分する」

――結局、ナイトログは自分のことしか考えられない獣なのだ。こんなやつと話し合っても仕方がない。ノアがこれ以上悲しい思いをしないためにもここで始末しておく必要がある。

俺が。この手で。完膚なきまでに。

「お父様」

ノアが涙を拭いながら問いかけた。

「……これだけは聞かせてください。私と逸夜《いつや》くんのお母様を殺したのは、本当にあなたなのですか」

「いいや。愛する昼奈《ひるな》を殺すわけがない。事故を起こして連れ戻しただけさ」

連れ戻した……？

母はあの事故で命を落としたはずだ。

俺もすぐそばにいたからしっかりと覚えている。

でも。何か途轍《とてつ》もなく嫌な予感がした。

夜凪《よなぎ》ハクトは腰に佩《は》いていた一振りの刀をゆっくりと抜いていった。

西洋風のナイトログには似合わない、日本刀のような形をした夜煌刀《やこうとう》。

まさか。まさかこいつ――

「これが〈忘恩《ぼうおん》〉。人間としての名は古刀昼奈《ことうひるな》」

言葉も出なかった。

脳味噌《のうみそ》が宵闇に侵されていく気分。

「しかしその呪法《じゆほう》――【夢遊人形《むゆうにんぎよう》】はほとんど失われている。もはや意識すら残っていない。手荒にやりすぎてしまってね、バスを横転させた衝撃で心が死んでしまったようなんだ。ここに残っているのはただ切れ味がいい抜け殻にすぎず、ほとんどナマクラみたいなもの。夜煌刀《やこうとう》は丁重に扱わなければ心が壊れ、使い物にならなくなってしまうのさ。私はあの一件で思い知ったよ」

「お、お前は、」

「でも刀としての美しさは一級品だ。たとえステージ5の力を取り戻すことはできなくても、肌身離さず持ち歩いている。これは昼奈《ひるな》に対する罰でもあるのだ。私を裏切り、昼ノ郷《デイトピア》に逃げた罰……おや、そろそろ時間がないな」

サイレンがすぐそこで鳴っていた。すでに警察や消防が到着しているらしく、瓦礫《がれき》の向こうで大勢の人間が行き交う気配がする。ここに留まっていれば面倒なことになりかねない。

が、俺とノアはしばらく動くことができなかった。

あの刀が古刀昼奈《ことうひるな》である可能性。

ノアとよく似た白銀の刃、美しい刀身。

そうだ。母は死んだことになっていたが、実際は死体が見つかっていなかった。バスが横転したあの日、俺はあまりの衝撃で気を失ってしまっていた。最後に見たのは古刀昼奈《ことうひるな》の優しい眼差《まなざ》し。しかし彼女が事切れるまで俺を見ていてくれた保証はどこにもない。

「さあ！」

夜凪《よなぎ》ハクトは狂気的に叫ぶ。

こちらの神経を逆撫《さかな》でするかのように。

「六花《ろっか》戦争《せんそう》で優勝した功績を讃《たた》え、私が手ずから処分しようではないか！　肉親の刃で宵闇の底に沈むがよいッ！」

六花《ろっか》戦争《せんそう》なんてものは俺たちには関係がなかったのだ。

あの残虐非道なナイトログが諸悪の根源。俺もノアも母さんも、あいつのせいで人生がおかしくなった。負わなくてもいい傷を負い、暗闇の中で藻掻《もが》き続けることになった。

絶対に許してはならない。

この場でケリをつけなくてはならない。

「逸夜《いつや》くん」

ノアが覚悟の決まった瞳で俺を見上げた。

涙の痕はあるが、怯《おび》えた様子は少しもなかった。

「血を吸わせてください。お母様を取り返さなくちゃ」

「大丈夫か。無理はしなくていいぞ」

「無理なんかじゃありません。逸夜《いつや》くんは私のモノです。私には逸夜《いつや》くんがついています。あんな父親に——いえ、あんな卑怯《ひきょう》なナイトログにやられたままでは気がすまないのです」

ノアが静かに抱き着いてくる。

その温《ぬく》もりを感じている暇はなかった。

夜凪《よなぎ》ハクトの不気味な哄笑《こうしょう》が轟《とどろ》いた。

「ノアの礼式には三秒を要する！　その前に心臓を貫いてやろう——ぐ、」

こちらに突進中だった夜凪《よなぎ》ハクトが悲鳴をあげた。マントを翻《ひるがえ》して独楽《こま》のように転倒する。

どこからともなく生えてきた黄金の右腕が、彼の足首をぎゅっとつかんだのである。

俺は不思議な気分で振り返った。

息も絶え絶えといった様子の骸川《むくろがわ》が歯を食い縛っている。

彼のすぐ近くには例の独鈷杵《とっこしょ》も転がっていた。

「やれ夜凪《よなぎ》ノア。その男の凶行を止めろ。すべては衆生《しゅじょう》安寧のために……——」

そこで力尽きたらしい。

骸川《むくろがわ》は地面に突っ伏して動かなくなってしまった。
何が何だか分からない。あの男にも目的があったということなのか。
「お兄ちゃん……」
ノアが歯で俺の首筋を食い破り、ちゅうちゅうと血を吸っていった。
胸が高鳴る。何故《なぜ》だか恍惚《こうこつ》とした気分になる。
しかし我を失ってはならない。
心に秘めるのは復讐《ふくしゅう》の殺意。
そして、ノアを何としてでも幸せにしてやるという強固な使命感。
「――死に損ないが！　私の邪魔をするんじゃあないッ！」
体勢を立て直した夜凪《よなぎ》ハクトが再び走り寄ってくる。
だが遅い。すべての準備は整っている。
夜凪《よなぎ》ハクトは白銀の夜煌刀《やこうとう》を俺たちに向かって振り下ろし――
その前にノアの夜煌錬成《やこうれんせい》が発動した。
俺の身体《からだ》が一瞬にして刀に変換されていく。

□

もう迷いはありません。

私は家族に認めてもらうために頑張ってきました――でもこんな人に認めてもらう必要はないのです。私には逸夜《いつや》くんがいる。カルネや水葉《みずは》、劉《りゅう》さんだっている。夜凪楼《よなぎろう》のことなんてどうでもいい、私は私に優しくしてくれる人たちのために戦えばいい。

「それがきみの夜煌錬成《やこうれんせい》か！　だが自分と同種の古刀逸夜《ことういつや》しか刀にすることができないのだろう！　つまりどう足掻《あが》いても欠陥品なのだ！　いくら古刀逸夜《ことういつや》の呪法《じゅほう》が強力とはいえ、私のように正統なナイトログに太刀打ちできるはず――」

何気ない一振り。

ただそれだけでした。

「ぐっ……な、何ッ――⁉」

逸夜《いつや》くんの切っ先が夜凪《よなぎ》ハクトの脇腹にめり込んでいました。

この一撃で仕留めるつもりだったのに、やつは咄嗟《とっさ》に身を引いて致命傷を避けたのです。

【不死輪廻《ふしりんね》】の祝福を受けている私の攻撃を躱《かわ》すなんて。

夜凪《よなぎ》ハクトは血を垂らしながらよろよろと後退します。

「は、ははっ……それでステージ０か……素晴らしいではないか！　古刀逸夜《ことういつや》……何としてでも私のモノにしたいッ！」

《俺はノアの夜煌刀《やこうとう》だ。お前なんかに興味はない》

「そうです。逸夜《いつや》くんが興味あるのは私だけですっ」

瓦礫《がれき》を蹴り飛ばして直進。

未《いま》だにふらついている夜凪《よなぎ》ハクトの胸元目がけて刀を振るいます。

かすかな手応え。肉が引き裂かれて血が飛び散りました。

そうして夜凪《よなぎ》ハクトの目に怒りの炎が燃え上がる。

「――ノア！　私に対する恩を忘れたのか⁉」

恩なんてありません。むしろあなたには苦しめられてきたのです。

夜凪《よなぎ》ハクトは夜凪楼《よなぎろう》仕込みの流麗な突きを繰り出してきました。

しかし私には一発も当たりません。逸夜《いつや》くんのおかげで神経が研ぎ澄まされ、百戦錬磨の剣《けん》戟《げき》ですら虫が止まるようなスピードに感じられます。

突きをいなし、カウンターを叩《たた》き込みます。

夜凪《よなぎ》ハクトの左腕が吹っ飛んでいきました。

青空に絶叫が打ち上がります。

しかしそれはハッタリの一種だったのでしょう。油断して踏み込んだ私の懐《ふところ》に横薙《よこな》ぎが迫っているのが見えました。ここで退いても埒《らち》が明かない――ならば。

一歩踏み出す。

直後、お腹《なか》をめりめりと裂かれていく感触。

すぱっ。

私の上半身と下半身はさよならをしてしまいました。

目の前には夜凪《よなぎ》ハクトの醜悪な笑顔。

しかしこの程度の傷は痛《いた》くも痒《かゆ》くもありません。

「――よくもお母様で。私を斬りましたね」

【不死輪廻《ふしりんね》】が自動で発動。

切断面からモヤモヤとした闇のエネルギーが伸びていき、あっという間に上半身と下半身がくっついてしまいました。

「な……何だそれはッ！　いくらなんでも――」

夜凪《よなぎ》ハクトが怯《ひる》んだ隙に刀を一閃《いっせん》。

血飛沫《ちしぶき》。またしても致命傷にはなりません。

しかし敵の顔には明らかな動揺が走っていました。

「待てノア！　こんなことをしていいと思っているのか⁉　私は夜凪楼《よなぎろう》の当主だぞ⁉　お前を今日まで養ってやった恩人なんだぞっ⁉」

そうだ。私はよく知っている。

この人はすぐ激昂《げきこう》して私をぶったのだ。夜煌錬成《やこうれんせい》が使えないから、コミュニケーションが苦手だから、テーブルマナーが悪いから――そんなくだらない理由で折檻《せっかん》という名目の憂《う》さ晴《ば》らしを続けた。

「ふざけるな！　半分人間の分際で！　汚《けが》らわしい古刀昼奈《ことうひるな》の娘の分際で……私に傷をつけるんじゃあないッ！」

腹を抉《えぐ》る。おびただしい量の血が飛び散る。

それでも私は止まらない。

あと少し。あと少しですべてが終わる。

「貴様——うっ、」

夜凪《よなぎ》ハクトの背後には巨大な瓦礫《がれき》が落ちていました。

それが決定的な隙となります。もはや逃げる場所はない。

私は迷わず踏み込むと、万感の思いを込めた一撃を振り下ろそうとして、

「っ⁉」

夜凪《よなぎ》ハクトは夜煌刀《やこうとう》で受け止めようとしました。

そこで私は逡巡《しゅんじゅん》してしまいます。

だってあれは。あの夜煌刀《やこうとう》は。

「ははは ッ……どうだ⁉　お前に古刀昼奈《ことうひるな》は壊せないだろう⁉」

怒りの感情で頭がどうにかなってしまいそうでした。

しかし逸夜《いつや》くんが《大丈夫だ》と落ち着いた声で囁《ささや》きました。

《声が聞こえる。前に進めばいい》

「え――」

その時、私のすぐ隣に誰かが立つ気配がしました。

見覚えのない顔。しかしどこか懐《なつ》かしい空気。

ああ。この人はもしかして。

《――それは私じゃない。私はもうとっくにこの世界にはいないの。だからあなたが迷う必要はない》

逸夜《いつや》くんは〈忘恩《ぼうおん》〉によって頭の中にお母様を植えつけられています。

彼と接続されているおかげで、彼女の姿が視界に投影されたのかもしれません。

《さあ、迷うことなく進んで》

ぎゅっと柄を握りしめる。

不安はもちろんあった。

でも私はしがらみを断ち切らなければならないのです。

《大丈夫。逸夜《いつや》と二人で力を合わせていけば――》

「ノア！　やめろ！　これはお前の母親なんだぞ……――」

「――うるさい。あなたの言うことはもう聞きません」

止まる必要はありませんでした。

容赦をする必要もありませんでした。

私はそのまま力いっぱい刀を振り下ろして――

相手の夜煌刀《やこうとう》が破壊される金属音。

断末魔の絶叫が響きわたった。

夜凪《よなぎ》ハクトはしばらく地の上で蠢《うごめ》いていましたが、憎しみのこもった目で私のほうに手を伸ばし――結局触れることはできず、そのままガクリと意識を失うのでした。

エピローグ

［夜ノ郷《ナイトピア》暦九九七年度　六花戦争《ろっかせんそう》　結果］

夜凪楼《よなぎろう》・〝夜凪《よなぎ》ノア〟――優勝
首崎館《しるしざきかん》・〝首崎《しるしざき》ナガラ〟――脱落（夜凪《よなぎ》ノアにより死亡）
苦条峠《くじょうとうげ》・〝苦条《くじょう》ナナ〟――脱落（骸川《むくろがわ》ネクロにより死亡）
骸川帳《むくろがわちょう》・〝骸川《むくろがわ》ネクロ〟――脱落（夜凪《よなぎ》ノアにより死亡）
獄呂苑《ごくろえん》・〝獄呂《ごくろ》ギロ〟――脱落（影坂《かげさか》ミヤにより死亡）
影坂堂《かげさかどう》・〝影坂《かげさか》ミヤ〟――脱落（ビルの倒壊に巻き込まれ死亡）

□

六花戦争《ろっかせんそう》の景品――天外《てんがい》。
世界に数えるほどしかないステージ6の夜煌刀《やこうとう》。あまりにも強力であるため使い手が見つからず、常夜神《とこよがみ》の管轄下に置かれていた最強の武器である。

その呪法《じゅほう》は、端的に言えば『願いを汲《く》み取《と》って世界を変革する力』だ。

此度《こたび》の六花《ろっか》戦争《せんそう》では、優勝者に一度だけその力を利用する権利が与えられた。

夜凪《よなぎ》ノアの願いは単純。

『今回の六花《ろっか》戦争《せんそう》で失われたものを取り戻すこと』。

天外《てんがい》はただちにその望みを聞き届けると、世界の修復を開始した。

破壊された建物が回復する。

ナマクラにされた人間が元に戻る。

昼ノ郷《デイトピア》に満ちていた宵闇が振り払われていく。

あれだけ熾烈《しれつ》な暗闘が繰り広げられていたのに、世界は何事もなかったかのように日常へと回帰していった。もちろん細部を見れば歪《ゆが》みはあるかもしれないが、天外《てんがい》による記憶の改変がなされているため、気にする者はほとんどいないだろう。

かくして六花《ろっか》戦争《せんそう》は幕引きとなる。

それも死者一人という奇妙な結末で。

□

俺はぐるりと2年A組の教室を見渡してみた。

普段と何も変わらない光景だった。

影坂《かげさか》とカルネの戦いでめちゃくちゃになった校舎はすっかり元通りだし、無差別な夜煌錬成《やこうれんせい》でナマクラにされた生徒たちも何食わぬ顔で学校生活を満喫している。

それだけではない。

天外《てんがい》の修復はこの街全体に波及している。倒壊したビルは何事もなかったかのように立っているし、警察を悩ませていた連続失踪事件はそもそも発生していないことになった。

これはノアが願ったことだ。

すべてを六花戦争《ろっかせんそう》以前の状態に戻したい。

夜凪《よなぎ》ハクトの生死と、夜ノ郷《ナイトピア》に関わる者たちの記憶はそのままにして。

ただ、俺が夜煌刀《やこうとう》である事実は変わっていなかった。

相変わらずタトゥーのような夜煌紋《やこうもん》が手に刻まれている。先日の戦いでステージとやらが上がって1になったらしく、菱形《ひしがた》に添えるようにして一枚の花弁が浮かび上がっていた。

「……まあ、一件落着か」

「どうしたの？　なんか疲れてない？」

昼休み、クラスメートたちが昼食の準備をしているのを眺めていると、弁当箱を持った誠《まこと》が何気ない調子で話しかけてきた。

「疲れてないよ。疲れてないけど疲れた」

「ああ、もしかして影坂《かげさか》さん？　モテモテだもんねえ逸夜《いつや》」

「まあそれもあるけど」

俺はげんなりした気分で教室の中央を見つめた。

金色の髪の少女——影坂《かげさか》ミヤが如月《きさらぎ》たちと楽しそうに談笑している。何故《なぜ》あいつがここにいるのかというと、影坂堂《かげさかどう》の当主から「六花戦争《ろっかせんそう》で優勝できなかった罰として昼ノ郷《デイトピア》で謹慎したまえ」と命じられたからだ。悪夢のような展開だが、今のところあいつがクラスメートに何かをする素振りは見せていない。そもそも六花戦争《ろっかせんそう》の期間中以外では夜煌錬成《やこうれんせい》は無闇に発動できないらしいので、危害を加えることも難しいようだ。

そして影坂《かげさか》はやたらめったら俺に構ってくる。今は如月《きさらぎ》が堰《せ》き止《と》めてくれているが、ことあるごとに接触してきては「私のモノにならない？」みたいな勧誘をかけてくるのだ。

「影坂《かげさか》さんと何があったの？　元カノ？」

「なわけあるか。あいつはちょっと変なやつなんだよ」

「まあ影坂《かげさか》さんは可愛《かわい》いけど、逸夜《いつや》のタイプじゃないかもね」

「お前は俺の何を知ってるんだ」

誠《まこと》は弁当箱を開けながら「何となく」と笑った。

とにかく影坂《かげさか》のことは無視しておこう。

俺にはやるべきことがあるのだ。

「ところで誠《まこと》。ちょっと昼休みは用事があって——」

その瞬間、如月《きさらぎ》との会話を切り上げた影坂《かげさか》が元気よく駆け寄ってきた。

「逸夜《いつや》！　一緒にお弁当食べない？　実はあんたのために作ってきたのよ、これを食べればきっと私のモノになりたくなると思うわ」

教室のやつらが「きゃー！」と黄色い悲鳴をあげた。影坂《かげさか》は俺が困るのを見て楽しんでいる節もあるため、ここは眉一つ動かさずに対応するのが得策だろう。

「すまん影坂《かげさか》。ちょっと先生に呼び出されてるんだ」

「ええ？　何したの？　私との不純異性交遊がバレちゃった？」

「こいつ……」

「ごめんごめん、怒らないでよ冗談だから。しょうがないわね、私は荻野《おぎの》くんと先に食べてるわ。用事がすんだらさっさと戻ってきなさいよね」

殺し合った相手によくここまでフレンドリーになれるもんだなと感心してしまった。

そういうサバサバした性格が影坂《かげさか》の強さなのかもしれないが。

「……というわけで誠《まこと》。影坂《かげさか》の相手をしててくれないか？」

「あ、うん。僕は別にいいけど」

「ねえ荻野《おぎの》くん、逸夜《いつや》の情報を教えてくれないかしら？　趣味嗜好《しこう》でも何でもいいわ。できれば弱みとかも欲しいわねえ。逸夜《いつや》を手玉に取れるようなネタをちょうだい」

困惑する誠《まこと》を放置して俺は教室を出た。

先生に呼び出されている、というのはもちろん嘘《うそ》である。

向かう先は屋上。すでに彼女が教室を出たことは確認しているのだ。

□

昼休みの屋上にはそれなりに生徒の姿があった。

しかし、あの白髪の少女だけはどこにいても水際立《みずぎわだ》っている。

夜凪《よなぎ》ノア——俺の使い手たるナイトログは、フェンスに近いベンチに腰かけて教科書を読んでいた。こちらの接近に気がつくと、慌てて教科書を閉じて姿勢を正す。

「どうしたんだ。わざわざ呼び出しなんかして」

「いえ……それはその……」

妙に歯切れが悪い。

「ああ、他のクラスメートの前だと話しにくいことなんだな」

「それはそうなのですが。そもそもクラスメートの前で話すこと自体が恥ずかしいというか何というか……」

「ノアは人見知りだからな」

「……逸夜《いつや》くんも人見知りですよね？　友達少ないし」

俺の場合は人見知りとはちょっと違う気がする。友達が少ないのは確かだが、あんまり人と関わるのが好きじゃないだけだ。今までは湖昼《こひる》がいればそれで充分だった。

「無理に改善する必要はないと思うけどな。別に死ぬわけじゃないし」

「でもせっかくなら学校生活を楽しみたいので……」

俺は持参したコッペパンの包装を破った。

天気は快晴。邪悪な夜の気配は少しも感じられない。

「……あの。私が逸夜《いつや》くんの妹だってことを皆に言おうと思うのですが」

「え」

「そうすれば教室で一緒にいても不自然じゃないかなって……自然に話しかけられるようになる気がするのです」

それはそれで非常に面倒なことになりそうだ。

俺とノアは血がつながっていない。容姿も全然似ていない。

しかも同じ学年の兄妹《きょうだい》となれば、好奇の視線を向けられるかもしれない。

「……言わなくていいだろ。二人だけの秘密だ」

「……！　二人だけの……！」

ノアが瞬《まばた》きをし、何故《なぜ》か照れたように目を伏せ、

「ではそういうことで。逸夜《いつや》くんは私だけのお兄ちゃんです」

コッペパンを落としそうになった。

「お兄ちゃんはやめてくれ」

「どうしてですか？」

「それは……」

クラッときてしまうからだ。なんて本心を言えるはずもなかった。俺は誤魔化すように咳払《せきばら》いをしてから言った。

「まだ慣れてない。戸惑ってしまう」

「そうですか。分かりました。では今まで通り『逸夜《いつや》くん』で」

「それよりも。夜凪楼《よなぎろう》から嫌がらせとかされてないよな？　もしノアを連れ戻そうとする気配があったらすぐに言ってくれよ」

「それは大丈夫です。夜凪楼《よなぎろう》は今大混乱ですから――」

ノアが天外《てんがい》に込めた願い。

それは、『六花《ろっか》戦争《せんそう》の傷をすべて修復すること』。

彼女の中では最後まで『母親に再会したい』という思いがあったようだが、結局その願いを叶《かな》えることはなかった。俺たちの中では夜凪《よなぎ》ハクトを殺害した時点で決着がついており、安らかに眠っている彼女を呼び戻すのは人倫にもとるような気がしたからだ。そもそも、何年も前に死んだ人間を生き返らせることができるかどうかも分からないし。

それはともかく、ノアは修復される対象の中に一つの例外を加えた。

夜凪《よなぎ》ハクトだけはそのまま。つまり蘇《よみがえ》ることを許可しなかったのである。

ノア曰《いわ》く、これによって夜凪楼《よなぎろう》は大変な状況に陥っているらしい。当主が消えたこともそうだし、その長女である夜凪《よなぎ》ノアも昼ノ郷《デイトピア》へ消えてしまったのだ。常夜《とこよ》八十一爵《はちじゅういっしゃく》としての立場は非常に危ういものになるだろう、とのこと。

「でも関係ありません。私はもう自由になったのです」

「そうだな。夜ノ郷《ナイトピア》のことなんてどうでもいい」

「はい。あの……」

ノアがじっとこちらを見つめてきた。

こうして相対するたびに確信させられるのだ。

こいつは古刀昼奈《ことうひるな》の娘。つまり俺の妹で間違いないということを。

俺は彼女を安心させるように笑って言った。

「心配するな。お前は俺の妹だ。困ったことがあったら遠慮なく頼ってくれ」

「はい……」

「家族は助け合うものだからな」

「……！」

夜凪《よなぎ》ハクトと決着がついて以降、俺の中にいた母は姿を現さなくなった。

俺に託したのだろう――「湖昼《こひる》のことをよろしく頼む」と。

俺はポケットから一枚の紙を取り出した。

ポストに届いていた、『夜凪《よなぎ》ノアが鍵を握っている』と書かれたメモだ。

よく見れば、筆跡は完全に俺のものである。母が俺の身体《からだ》を操って書いたに違いない。夜凪《よなぎ》ノアが昼ノ郷《デイトピア》に来たというのに、肝心の息子が全然気づいた様子を見せないから業を煮やしたのだろう。あるいは、この手紙を見せることによって呪法《じゅほう》・【夢遊人形《むゆうにんぎょう》】は完成したのかもしれない。そうなると、あの人はノアがこの時期に昼ノ郷《デイトピア》に来ることを知っていたのだろうか――

とにかく。

古《こ》刀昼奈《とうひるな》は、こんな大がかりな仕掛けを準備してまでノアを守ろうとした。

彼女の想《おも》いを継がなければならなかった。あの人は、俺のことを実の息子のように可愛《かわい》がってくれたから。俺にできる恩返しは、目の前の少女を支えていくことだけ。これからは兄として、できる限りのことはやっていこうと思う。

だが、そういう事情を抜きにしても。

俺は夜凪《よなぎ》ノアという少女に好感を抱いていた。たとえそれが作られた感情だったとしても、こいつと一緒に過ごす日々は楽しそうだなと思うのだ。

ノアがふと笑みを浮かべた。

温かい日差しのような、それはそれは可愛《かわい》らしい笑顔だった。

「――これからもよろしくお願いしますね。逸夜《いつや》くんっ」

さわさわと風が吹き抜けていった。

こうして俺は妹を取り戻すことに成功した。

今後、もしかしたらまたナイトログと戦うこともあるかもしれない。

でもノアと一緒なら何も問題はないだろう。損得利害によらない、信頼によって成り立つ関係。この居心地のいい距離感を守るためならば、俺はこいつの刀として戦う覚悟がある。

「……でも。逸夜《いつや》くんを伴侶にすることはできなくなってしまいましたね」

ノアがプリンを食べながら残念そうに言った。

俺はコッペパンの袋を折り畳みつつ、

「ある意味伴侶じゃないか？　夜煌刀《やこうとう》とナイトログってそういう関係じゃなかったっけ」

「いえ。そうではなくてですね。兄と妹では不可能というか」

「ん？　ああ……」

言わんとすることが理解できてしまった。

こいつは俺と結婚するみたいなことを言ってたような気がする。

そんなことをする必要はないと思うのだが。

なんだか気まずい空気が流れてしまった。

俺は少し迷ってから口を開く。

「まあ、関係の名前なんて何でもいいだろ。俺たちが兄妹《きょうだい》だっていうのも『俺たちがそう思っている』っていうことくらいしか根拠がないわけだし」

「そうですね。血もつながってないし、戸籍上も別々ですし……」

そこでノアの動きが止まった。

プリンのスプーンを口に突っ込んだまま、

「ということは、むしろ問題ないのでは……？」

「何が？」

「な、何でもありませんっ」

ノアはもじもじしてうつむいてしまった。

妙なことになりそうな予感。

しかし深く考えるのはやめにしよう。

今はこの陽だまりのような時間を過ごせればそれでいい。

夜凪《よなぎ》ノアと古刀逸夜《ことういつや》は、ようやく夜明けを迎えることができたのだから。

あとがき

はじめまして、小林湖底《こばやしこてい》です。

『吸血令嬢は魔刀を手に取る』、いかがだったでしょうか？

まだ読んでいない方はぜひ読んでみてください。


「超王道の異能ファンタジー」を目標に書き始めた本作ですが、そのままぴったり超王道な感じになったのではないかと思います。

本作の主題は、「刀になる主人公」と「主人公を握って戦うヒロイン」！

こういうバディ系を書いてみたかったので、楽しかったです。


遅ればせながら謝辞を。

素敵なイラストで物語を彩《いろど》ってくださったａｚｕタロウ様。

様々なアドバイスをくださった担当編集の佐藤《さとう》様、小野寺《おのでら》様、山口《やまぐち》様。

その他、刊行に携わっていただいた多くの皆様。

そして、この本をお手に取ってくださった読者の皆様。

すべての方々に厚く御礼申し上げます――ありがとうございました！

2巻も鋭意執筆中です。

よろしければ、ぜひお願いいたします。

本書に対するご意見、ご感想をお寄せください。

ファンレターあて先
〒 102-8177　東京都千代田区富士見 2-13-3
電撃文庫編集部
「小林湖底先生」係
「azu タロウ先生」係

本書は書き下ろしです。

電撃文庫

吸血令嬢《きゅうけつれいじょう》は魔刀《おれ》を手《て》に取《と》る

小林湖底《こばやしこてい》

2024年4月10日　初版発行

発行者	山下直久
発行	株式会社KADOKAWA 〒102-8177　東京都千代田区富士見 2-13-3 0570-002-301（ナビダイヤル）
装丁者	荻窪裕司（META＋MANIERA）
印刷	株式会社暁印刷
製本	株式会社暁印刷

●お問い合わせ
https://www.kadokawa.co.jp/（「お問い合わせ」へお進みください）
※内容によっては、お答えできない場合があります。
※サポートは日本国内のみとさせていただきます。
※ Japanese text only

※定価はカバーに表示してあります。

ISBN978-4-04-915447-4　C0193　Printed in Japan

電撃文庫　https://dengekibunko.jp/